U0607782

爱上阅读·中小学生晨读精品选

高长梅　许高英　主编

地球的敌人

立夏 著

Di qiu

De di ren

九州出版社
JIUZHOUPRESS | 全国百佳图书出版单位

图书在版编目（CIP）数据

地球的敌人 / 立夏著. -- 北京：九州出版社,2014.10
（2021.7重印）

（爱上阅读：中小学生晨读精品选 / 高长梅，许高英主编）

ISBN 978-7-5108-2848-5

Ⅰ.①地… Ⅱ.①立… Ⅲ.①阅读课 – 中小学 – 课外读
物 Ⅳ.①G634.333

中国版本图书馆CIP数据核字（2014）第254292号

地球的敌人

作　　者	立 夏 著
出版发行	九州出版社
地　　址	北京市西城区阜外大街甲35 号（100037）
发行电话	（010）68992190/3/5/6
网　　址	www.jiuzhoupress.com
电子信箱	jiuzhou@jiuzhoupress.com
印　　刷	北京一鑫印务有限责任公司
开　　本	720 毫米 × 1000 毫米　16 开
印　　张	9.5
字　　数	155 千字
版　　次	2015 年 5 月第 1 版
印　　次	2021 年 7 月第 4 次印刷
书　　号	ISBN 978-7-5108-2848-5
定　　价	36.00 元

★ 版权所有　　侵权必究 ★

阅读随想（代序）

爱上阅读。阅读能使我们进一步获取智慧，获取解决问题的方法与能力。

微信中，有一篇叫《读书的十大好处》的文章流传颇广。它概括的所谓十大好处独树一帜：1. 养静气，去躁气；2. 养雅气，去俗气；3. 养才气，去迂气；4. 养朝气，去暮气；5. 养锐气，去惰气；6. 养大气，去小气；7. 养正气，去邪气；8. 养胆气，去怯气；9. 养和气，去霸气；10. 养运气，去晦气。

微信中，还有一篇文章也被大量转发，叫《读书是最好的美容》。文章认为，"人通过读书，在幽幽书香潜移默化的熏陶下，浊俗可以变为清雅，奢华可以变为淡泊，促狭可以变为开阔，偏激可以变为平和"。的确，打开书，便打开了一扇面对世界的窗口，你读天，无际的长天予你灵性；你读地，宽厚的大地赠你理性。打开书，便打开了一面审视生命的镜子，那扑面而来的真善美令人陶醉。

还是微信中的一篇文章，叫《通过阅读解决自己的困惑》。文章认为，阅读不能仅仅是小清新、轻口味、品时尚的浅阅读，有时还得"重口味"。阅读即要脚踏实地，要观看现实，了解人类文化的百态，知识的种种。但是只看"大地"那是不够的，还需要仰望星空，还要读读诸如《论语》、

《庄子》之类的书,以加深我们对人性的理解且不丧失对智慧的信心。

再引用著名作家王蒙先生2013年9月发表在《人民日报》上的《"攻读"的日子哪里去了》中的一段话:离开了阅读,只有浏览与便捷舒适的扫描,以微博代替书籍,以段子代替文章,以传播代替学识,以表演代替讲解,将会逐渐使人们精神懒惰,习惯于平面地、肤浅地接受数量巨大、获得廉价、包含着大量垃圾赝品毒素的所谓信息,丧失研读能力、切磋能力、求真求深的使命与勇气,以至连讨论追究的习惯也不见了,苦思冥想的能力与乐趣也没有了,连智力游戏的水准也降到幼儿级别以下了。这样下去,我们会空心化、浅薄化与白痴化,我们的宝贵的头脑的皱褶将渐渐平滑,我们的"灵"的思辨思维功能将渐渐萎缩,而我们的大脑将只剩下海量获得八卦式的信息然后平面地记忆下来、转销出去的"肉"的能力。

杨绛说得更好:读书正是为了遇见更好的自己。读书到了最后,是为了让我们更宽容地去理解这个世界有多复杂。

爱上阅读。阅读提升我们的素养,阅读最终将改变我们的人生。

第一辑 小小说

第二辑 散文随笔

第一辑

小小说

　　贝芬偷偷地瞟一眼门口,轻声说:"哪有家好啊。"说着便看着兴旺和森森咯咯地笑。

　　过几天,森森去外婆家,惊奇地发现那块空墙挂上了自己的照片,照片上的他,正歪着头,甜甜地对着每一个人笑⋯⋯

英雄

一

他二十岁的时候,她正好十岁。

她坐在台下,晶亮的眸子中全是台上英武的他。

他是学校请来的英雄,笔挺的军装上一张黝黑却棱角分明的脸,因为激动透着健康的红晕。

他在台上大声地念着手中的演讲稿,只剩下三根手指的右手高高举起,如同一面灼目的旗帜。在一次实弹演习中,面对一颗嘶嘶作响的手榴弹,他毫不犹豫地捡起来扔向远方,挽救了被吓呆的战友。

她的眼里噙满了泪水,蒙眬中台上的他是那么高大英俊,连他那浓重的乡音都显得那么亲切。

"他真是个英雄,我会一辈子记住他的。"她在心里默默地想。

二

他三十岁的时候,她二十岁。

学校组织学生们去农村体验生活。

如果不是村干部郑重地向大家介绍他曾经是个英雄,她是一丁点儿都认不出他了。

埋头在田里劳作的他跟其他的农民已没什么两样,披着一件灰扑扑的褂子,失却了红晕的脸还是那么黑,却变得暗沉。村干部介绍的时候,他憨憨地笑,脸上,怎么也找不到十年前年轻的影子了。

他坐在田头抽着烟卷,好几次她都想走过去跟他说几句话。看着烟头一明一灭,她终于还是没过去。

她实在想不出该对他说些什么。

三

他四十岁的时候,她三十岁。

他在她所在的城市摆了个摊,卖鸡蛋煎饼。

五岁的女儿吵着要吃煎饼,她先认出了他的手,抬头看他的脸,恍若隔世般,已然很陌生了。

女儿香甜地啃着煎饼,她的心却一直无法平静。她忍不住悄悄告诉女儿,卖煎饼的是一个英雄,女儿懵懂地吵闹着,要去看英雄。

她带着女儿折回去,女儿仔细看着那只残缺的手,然后哇的一声大哭起来。她匆忙带着女儿离开,一边哄着女儿,一边回忆自己十岁的时候第一次看见这只手,一点儿都不觉得害怕,只有敬佩。

她还记起来当时听完报告回到家,小小的她弯曲起两根手指,在镜子前模仿三指的样子,想象着那种悲壮。

四

他五十岁的时候,她四十岁。

她在民政局坐上了科长的位置,工作还算清闲,生活不好不坏。

当他在她办公室外面探头探脑的时候,她根本就没认出他,原来他是来申请困难补助的。

她给他倒了杯茶水,他受宠若惊地捧着,只会一迭声地说谢谢。她陪着他办完了所有手续,而他不知道为何受到如此礼遇,越发地惶恐不安,一小时里说了不下五十声的谢谢。

望着他佝偻着背离开,她开始努力回想他年轻时的样子,却怎么也想不起来了。

"他真的曾经是个英雄吗?"问自己这个问题的时候,她觉得那么茫然。

五

她五十岁的时候,他已经不在了。

那天她在办公室喝着茶,翻着报纸,四十年前的他突然映入眼帘。犹如被雷击一般,她手中的茶杯呼的一声落地。

他在回乡的公交车上遇到一伙劫匪,一车人里只有他挺身而出。搏斗中,他被刺数刀身亡。报道还提到,他的右手只有三根手指,年轻时他就曾因救人成为部队里的英雄典型。那张穿着军装的年轻的照片,据说是他唯一的一张照片。

一瞬间,泪水又涌上了她的眼眶,恍如四十年前,小小的她含着泪坐在台下仰望着他。

狗熊

　　他总说他生不逢时。

　　这话没说错。他出生的时候，这个国家正进入最饥饿的三年。他母亲喝下一大碗小米粥，才有力气让他来到这个世界。这些小米是裹着小脚的外婆走了几十里山路送来的。

　　这碗粥实在太香了，别人都只能闻闻香气，只有他母亲实实在在喝进了肚子里。面对饥肠辘辘的家人，母亲喝得满脸愧疚，像是做了一件见不得人的事。

　　外婆回去后不到一个月就去世了，家里又常常揭不开锅，母亲看着他就来气，常戳着他的额头恶狠狠地骂："真是个讨债鬼！狗熊！"

　　在他的家乡，管没用的人叫狗熊。

　　他小时候最初的记忆就是饿。饿极了，看到别人家有吃的就伸手去拿，母亲把他揪回来打。母亲打他时从不手下留情，她的大巴掌落在他瘦骨嶙峋的身上，就像落在乱石丛中，打得她自己手生疼。而他，只会害怕得瑟瑟发抖，想躲，却又躲不开。

　　他瘦弱得像只猫，从小到大总是别人欺负的对象。最糟糕的是他不知道反抗，连骂人都不会，只会逃，跑不掉了，就哭。他的两个哥哥看着他掉眼泪，从不帮他，他们从鼻孔里哼一声，轻蔑地说："我们家怎么出了这么个狗熊,丢死人了。"

上学是他少年时代最大的乐趣。他们乡从来没有出过一个高中生,而他的成绩从上学开始一直稳居全年级榜首,每一位任课老师都对他寄予厚望,一致认为他可以成为乡里第一个高中生。他也暗暗盼望着能令他扬眉吐气的那个时刻快点到来。结果,考试的时候,他发挥失常。老师们失望地摇着头:"唉,怎么正经上了考场,就熊了呢?"

终于时来运转了。

穿上绿军装的那天,是他一生中最荣耀的时刻。看着胸前的大红花,他激动得眼泪都掉下来了。小孩子追在他后面喊:"羞羞羞,解放军还要哭鼻子。"村里人则在一旁笑他:"十岁看到老,这人当了兵还是这么熊。"

他那么瘦小,竟然顺利过了体检关,这不是运气又是什么?

到了部队,老实又语拙的他,不知怎么就被一个首长看中,当了他的勤务兵。首长转业的时候,把他也带到了地方,首长夫人还给他介绍了一个城里姑娘。他在城里工作,娶妻生子,正儿八经成了一个城里人。村里人都说狗熊真是交了狗屎运,眼红得不行。

转业后,他还是改不了当勤务兵的习惯,首长家的重活累活他全包了。有人看他在首长家进出很勤,就来找他套近乎。转业后的首长是个实权派,批的条子谁都想要。只有他不想要,也不肯替别人要。一来二去,人家就在背后说:"这人熊得很,找他没用。"这下子,不但老乡们知道他是狗熊,连城里人也知道了。

后来,首长家的活老是有人抢着干,他去了不但找不到活干,还常常碰到一拨拨的客人,让他坐也不是,站也不是,很不自在。渐渐地他很少去首长家了。有人就跟首长嘀咕,说他是个忘恩负义的家伙,在城里立住了脚就忘了恩人。首长淡淡一笑,说不会,这人就是熊了点,办不了大事。

办不了大事的他一直没被提拔。首长又升了两级,仕途如日中天,很多和首长有关的人都跟着升到了半空,只有他还在地下。家乡的人就叹气:"唉,说他狗熊真没错,这么好的一门关系,竟然没抓住。"

多年后他重又频繁进出首长家，只是干重活时不免有些气喘吁吁，首长看着他颇有些感慨："唉，你也老了。"首长从位子上退了下来，又患上了尿毒症，家里门庭冷落，日子变得无滋无味。幸亏还有他这个听众，三天两头来听首长讲以前辉煌的故事。

车祸来得太突然，他被送进医院的时候已经快不行了，只剩下一丝力气指了指贴身的衣袋。衣袋里有一张表格，是他和红十字会签订的器官捐赠协议，其中一个肾是指定捐赠给首长的。还有一张条子，说他曾偷偷地去配过型，因为害怕一直不敢捐，请首长原谅。"没办法，我熊了一辈子，如果死了，一定不怕了。"条子的最后，他是这么写的。

第二年的清明，他的心肝肺肾，还有眼睛带着它们的新主人从四面八方聚集在他的坟头，村里人这才知道，他竟然让五个人获得了新生。

"这个狗熊，真牛啊！"他们流着眼泪说。

贝芬的森林

"哐当"一声，那幅画就被爹从墙上扯下来了。

"都是被这玩意儿害的。"爹嘟囔着，提着画摇摇晃晃往门外去了。

贝芬绝望地看着爹出去。爹喝过酒。喝过酒的爹说一不二，贝芬没敢吭声。

岛上的人都说贝芬被那幅画弄傻了。

画是好多年前来岛上采风的刘画家留给贝芬的。那时候贝芬才十岁，她经常跑到海边看刘画家画画，一看就是半天。

刘画家走的时候慷慨地拿出几张画让贝芬挑一张。贝芬一下子就喜欢上了那片森林，曙光从树影间洒落，一条小路通向幽静的远方，隐约看得到两只弯角的小鹿站在路的尽头回望。

"画家伯伯，森林里的树真的有这么高这么密吗？"

"当然喽，你长大后自己去看看就知道了。"

贝芬央求李木匠做了一个框，恭恭敬敬地把画挂在墙上，一挂就是十多年。

而现在，墙上只剩下一块空旷的白了。

爹醒后，看贝芬的眼神颇有些愧疚，无奈那幅画终究已随海水漂流，不知所终。

没了画的贝芬就像没了主心骨，内心很惶然。她闷在被子里结结实实哭了一天，就同意嫁了。

贝芬迟迟不肯嫁，并非不喜欢兴旺。兴旺是个捕鱼好手，憨厚踏实，从小又和贝芬一起长大，知根知底。

贝芬只是舍不得嫁。渔村的姑娘一旦嫁了人，便要守着公婆孩子，整日里补网、洗涮。贝芬知道，嫁了人以后，她就去不成西双版纳，看不到森林了。

为了看到真正的森林，贝芬想过很多办法。

她曾经没日没夜地替人织网补网，又去泥涂里捡海瓜子卖，攒了一个夏天的钱，然后偷偷求正财伯出海的时候把她带出岛去。结果正财伯非但不肯带，还把这事告诉了爹，爹说："留着以后给你买嫁妆。"就把贝芬辛辛苦苦攒的钱没收了。

她还曾经苦苦哀求娘同意她去外面打工。渔村的姑娘很少有外出打工的，娘不同意。贝芬就去求爹。爹一眼就看出了她的花花肠子："你还是想去西什么版的看森林是吧？我说你到这种地方去能干些啥？捡小石子儿还是织蜘蛛网？你在这里是一条活灵活现的鱼，离开了海水，你只会扑哧扑哧透不过气！"

贝芬就只有看着墙上的画发呆，那片似乎永远也到不了的森林，越发完美得令贝芬觉得窒息。

嫁给了兴旺的贝芬日子过得还不坏，但她却总是不开心。回娘家的时候，她总会看着墙上的那片空旷发一会儿呆。

娘说："买幅啥画挂上去吧。"贝芬却不肯，贝芬说："不知咋的，看着这墙，我才能想象出那幅画的样子，在自己家，我却怎么想都想不起来呢？"

贝芬就常常回娘家，搬把竹椅，看着墙，眼神是虚的。这幅画很清晰，她甚至能看到每片树叶的颜色，深绿、浅绿、嫩黄……

又过了几年，贝芬的身后拖了一个小尾巴森森。

森森很调皮，贝芬忙不过来，回娘家的日子也少多了。偶尔回去，看着墙，脑子里刚刚出来森林的轮廓，森森便已经吵得她无法再集中注意力了。

贝芬只好无奈地拉着森森回家。

时间过得真快，不知不觉，贝芬发现自己快三十岁了。

兴旺的船找到了大鱼群，拢洋后的那几天，家里像过节一样喜气洋洋的。兴旺神秘兮兮地说要送贝芬一件生日礼物，便去了县城。

晚上，兴旺兴冲冲地从县城赶回来，只带回来一张纸，贝芬拿着看，一直没说话，却有一颗又一颗的泪珠落在纸上，把兴旺的心也弄得湿湿的。

贝芬和兴旺去旅游了，目的地是云南西双版纳。

回来那天，所有碰到贝芬的人都问着同一句话："贝芬，看到森林了？森林咋样啊？"

贝芬一脸的开心："森林当然好看的呀。"

爹和娘看见贝芬，早就按不住上来问，问的话却跟别人一模一样。

贝芬偷偷地瞟一眼门口，轻声说："哪有家好啊。"说着便看着兴旺和森森咯咯地笑。

过几天，森森去外婆家，惊奇地发现那块空墙挂上了自己的照片，照片上的他，正歪着头，甜甜地对着每一个人笑……

大海

小时候，我是一个很爱提问的小囡。

有一天，我突然想到一个很深奥的问题，就跑去问爹："爹，爹，大海是什么做的呀？"

爹正在盐垛子旁铲盐，他说："大海？盐和水做的呗。"

爹的回答，我不是很满意，便噔噔噔跑到隔壁大伯家："大伯，大伯，大海是什么做的？"

大伯正准备把一颗烧酒杨梅往嘴里送，他似乎被我问住了，仰着胡子拉碴的脸想了好长时间，才说："大海啊，是风和浪做的，大伯捕鱼的时候，呼地吸上一口风，再咕嘟咕嘟吞几口浪，才捕得上鱼啊！"大伯肯定觉得他回答得好，刚说完就很得意地嘎嘎大笑。

然后他就大声地叫我的大婶："你来听听，你这个没用的婆娘，你怎么就生不出这么机灵的小囡呢？"

大婶生了清一色的三个小囝，很会抢饭吃，还经常打破家里的大海碗。

大婶笑眯眯地出来，往我嘴里塞了一颗烧酒杨梅。她从来不屑为了这句话跟大伯生气。在渔村，生儿子是件很荣耀的事情，更何况，她一生生了仨。

比起来，我更喜欢大伯的答案。

大伯经常出海，回来会讲很多稀奇古怪的事情给我听。他看见过比小船还大的鲨鱼,还曾经看见一大群拜江猪(注:即海豚)在海里举行跳高比赛。他告诉我虾潺看到梅童鱼撞了礁,把头撞肿成了大头梅童,虾潺笑得下巴都脱了臼,所以才长得这么怪。大伯讲起故事来绘声绘色的,把我逗得也差点笑掉了下巴。

大海里这么好玩,我吵着要跟他出海去。大伯很严肃地说:"小囡不可以出海的,海龙王会不开心的,他一不开心就会兴风作浪,风啊浪啊就呜哇呜哇扑过来。"大伯说呜哇呜哇的时候总是做出张牙舞爪的动作,不像风浪,倒像是书上画的大灰狼,逗得我咯咯笑。

渔船拢洋的时候是整个渔村最开心的节日。一篓篓螃蟹、一担担新鲜的鱼儿挑上岸,然后渔嫂们就开始洗鱼杀鱼晒鱼鲞,整个岛上都飘着浓浓的鱼腥味和烤螃蟹的香味。

有鱼贩子来收鱼,渔嫂们就凑成堆嘻嘻哈哈跟他磨嘴皮子,目的无非是让他每斤能多扔下几毛钱。

出海回来的男人们则啥都不用干,抽着烟卷在一起吹大牛,有时候也赌上几把。定了输赢了便一起去村里的阿二酒馆喝上几杯。

说是酒馆,其实小得只容得下两张方桌。那里的清蒸鱼是渔村一绝,不咸不淡,鱼肉鲜嫩得吃到嘴里会融化掉。这个渔村没有第二个人做得出这个味道的清蒸鱼,所以很多男人放着家里婆娘做的鱼不吃,名正言顺地跑到阿二酒馆去喝上一盅。

那次大伯回来,我每次跑去问他问题却总找不到他,剩下大婶在家皱着眉头咬牙切齿:"啧啧,又去酒馆鬼混,你大伯,被那个阿二勾了魂了。"

开酒馆的阿二是个寡妇,她男人石根有一次出海后再也没有回来。阿二长得大手大脚,干活麻利,不大说话。除了村里头公认最漂亮的月芬以外,我觉得阿二是这个渔村里长得最俊的女人了。

大伯出海后,大婶专程跑到阿二酒馆门口叉着腰骂了两小时,骂累了,还冲进去打破了阿二的五只大碗三个盘子。阿二一直没说话,她收拾碎碗的时候割破了手,在那里吧嗒吧嗒掉眼泪。

旁边看热闹的女人们便上来劝大婶："算啦算啦,顺顺气吧。"大婶就收了手,回家烧饭去了。

大伯回来后,给我带来一块喷喷香的橡皮,把我乐得合不拢嘴。我在研究橡皮的时候又想出了一个问题想去问大伯。可刚走到大伯家门口,就听到大婶在嘤嘤地哭泣。

大婶哭了好久好久,我听到大伯似乎恼了,大喝一声:"哭,只知道哭!我一口风一口浪在海龙王口里讨生活还不是为了你们娘儿几个,等我像石根那样你再哭也不迟!"

大婶的哭声戛然而止,接下去谁也没说话,屋里死一般的沉寂。

我不敢再进去问什么问题了,顺着墙根溜回了家。

后来有一天路过晒场,我看见一大堆女人一边织网一边聊天,大婶和阿二都在,也搭腔,就好像啥事也没发生过。

八月那场台风来得令人猝不及防,整整刮了三天三夜。大伯家的小团天天跑到我家吃饭,还打破了我家一只碗。我娘整天唉声叹气:"唉,你大伯那条船一点儿消息都没有,你大婶都快急疯了。"

大婶天天在海边等,总算等来了一条船,上面却没有大伯。

大伯的那条船被海龙王收走了,被收走的还有大伯。

同船的渔民都被海龙王送回了沙滩,有抬着回来的,也有一两个命特别硬的是走回来的。只有大伯一直没有回来。

全村人都聚在海边为大伯招魂,大婶凄凄地哭喊:"回来呀! 回来呀!"

那天的海面特别平静,我突然想起大伯张牙舞爪"呜哇呜哇"学海浪扑过来的样子,是不是我以后再也看不到了?

我终于忍不住哭了,眼泪流进嘴巴,又苦又咸,跟大海的味道一模一样。

墙

在我记忆的深处，一直有一堵墙，和一个名叫婉的女人。

一个寻常的午后，我骑车去往紫竹巷。这个古老的街巷，曾经承载了我全部的童年岁月。

住过的房子如今变成了挂满饰物的店铺，只有那堵老墙，斑驳着青苔的印记，一如往日的清幽。

我发现在这个初秋我突然变得善感，很多记忆如陈年老酒的熏香令人猝不及防地扑面而来。我仿佛又看见婉坐在落日余晖中的剪影，听见她在那儿柔声叫："小囡乖，不要在墙边玩哦。"

我记不起当时她多大年纪，我叫她婉嬷嬷。她独自带着一双儿女住在我家隔壁，儿子上高中，女儿略小些。

婉善编织，在服装厂揽了一份织毛衣的活贴补家用。每天黄昏时分，她便搬出竹椅坐在门口，边织毛衣边等着她的两个孩子放学，一年四季从不间断。

我曾经听见过街坊四邻在背后议论婉的来历。这个街巷没有隐私，大家都乐于打听别人的故事，而一个孤身女人独自带着两个孩子，这本身就是一个令人十分感兴趣的话题。

但婉似乎将她过往的一切都化成了一片云烟，让风吹散得无影无踪，所有的人最终都无从得知她的过去。

在我的记忆中，婉穿着清雅，头发随意绾成一个髻，说话总是柔声细语。

她跟紫竹巷所有的女人都不一样。现在想来，她身上确实有一种别样的韵味让童年的我十分着迷。

她终究和别人不大一样，有时候街坊聚在一起议论："没见过这样的娘，伢儿去上学，看她那个紧张样儿，一天到晚说什么别顺着墙根走呀。不靠墙走，难道让他们走在马路中央？"

"是呀是呀，那天我的伢儿在墙边走，她也神经兮兮地来说这话。"

"我看这女人，脑子有点搞不拎清。"

隔了很多年以后我才知道她和墙的故事。而那时候的我，只知道一跑到那堵老墙边玩，她便会放下手里的毛活，过来拉我："小囡乖，不要在墙边玩哦。"她眼里突然流露出来的关切和惊慌，就像妈妈看到我摔跤时的眼神，让幼年的我无比地依恋。

那个天空暗沉的雨天，婉迈着小碎步跑到古墙边，水花在她的脚下吧嗒吧嗒四处飞溅。她对着那个贴着墙根行走的路人喊："别顺着墙根走！"她的手伸出去，像是要拉回一个迷路的孩子。

路人惊惧地退后，甩开了她的手，婉趔趄倒地。

那天，我看到一个令我陌生的婉，她坐在雨巷的水洼里，无所顾忌，像一个孩子般肆意地哭泣。我听见妈妈叹息着说："婉这是要把一辈子的委屈都哭尽喽。"

那天婉的眼泪打湿了整个小巷，打湿了所有人的心。

其实，婉的故事并不复杂，在一个战火四处蔓延的年代，一户寻常人家在枪炮的间隙中东躲西藏，却终究未能逃脱悲剧的命运。一堵在轰炸声中坍塌的墙壁，那堵沉重的墙，最终埋葬了婉曾经引以为豪的一切——她的丈夫、她幼小的儿子和她全部的生活希望。

听到这个故事的时候，我正坐在藤椅上，阳光透过高大的落地玻璃窗暖洋洋地照进来，竹叶花纹的茶具里冒着氤氲的香气。

战争，一个多么遥远的故事。为什么我从来没有感觉战争可以离我们那么近？为什么这个宁静的午后让我感觉如此忧伤？

"后来呢？"我望着面前这个女子。

"后来她收留了我和哥哥，再后来我们就搬到了紫竹巷。明天我们就要离开这个城市，妈让我走之前来跟你告别一声。妈一直都记得你，说你小时候是个很乖巧的娃娃。"

从此每隔一段时间我就会去紫竹巷，看看那堵老墙，看看那条曾经承载了我全部童年岁月的古老街巷。

现在这个城市到处是高楼大厦，甚至很难看到一堵真正的墙了。

小宝

再哭！再哭就把你送到福建换小雪。

我这么一说，小宝就不敢哭了，两只眼睛贼亮贼亮地盯着我。

小宝一出生，小雪就被两个陌生的叔叔阿姨带走了，所以，我恨小宝。

小宝不会说话，不会叫我姐姐，不会跟我躲猫猫……他只会睡在摇篮里，不是哭，就是笑，还呀巴着嘴老想着吃。想小雪的时候，我就把摇篮摇得地动山摇，小宝紧张地握着小拳头，尽量不让小脑袋晃得太厉害。后来小宝不用躺在摇篮里了。他经常摇摇晃晃跟在后面拉我的衣角，我回头一瞪他，他就奶声奶气地说换小雪，换小雪……

上学后，小宝的成绩一直不好，妈妈为此抹了好几次眼泪。我在一旁心虚地想，是不是小时候我把摇篮摇得太厉害，把他的脑细胞给摇散了呢？感

到有些内疚的时候,我不再恶声恶气地跟小宝说话,温柔了许多。小宝总会抓住这机会缠着我问这问那,问得最多的还是小雪:姐,你说的二姐真有那么可爱吗?爸妈怎么忍心把她送走呢?问得我心烦了,冲他一瞪眼,还不是因为生了你这宝贝儿子?!他缩一下头,吐吐舌头,不敢吭声了。

勉强上到初中毕业,小宝就像被霜打过似的灰溜溜回了家。爸妈无奈地说,不上高中了,在家待一段时间再出去找工作吧。小宝一听反而来了精神,说把省下来的学费给我一半,趁休息我想出去走走。那时候我已经上了本地的一所大学,每个假期都出去勤工俭学赚学费。小宝那句话把妈气得够呛,当然,她扬起的手最终还是没落下去。

我用暑假里赚的钱买了两件新 T 恤,剩下的钱交给妈妈。小宝看着我的 T 恤,说姐有新衣服穿,我也要。妈说明天也去买一件吧,反正不贵。小宝伸出手,要自己去买。第二天晚上,小宝穿回来一件 T 恤,妈说这就是你新买的?怎么看上去旧旧的?小宝说妈你不懂,这叫古着衣,很时髦的!

过几天我出去,正好看到隔壁大头穿着这件 T 恤,我说大头,前几天小宝问你借 T 恤了吧,大头嘿嘿地笑。我偷偷跟妈说小宝好像在攒钱,不知想干什么?妈说这还了得!就在小宝的床底下桌子上到处乱找,竟找出来好几张百元大钞,比买 T 恤的钱多了十几倍。

小宝一直不肯说这钱是哪来的,也不说攒着干什么,爸平生第一次动手打了小宝,他忍着没哭。可是当妈宣布那些钱都没收的时候,小宝竟然号啕大哭起来。看着他那没出息的样子,我因为告状带来的愧疚感顿时消失无踪。这就是爸爸妈妈用送掉小雪的代价得来的宝贝!我想我从来都没有喜欢过小宝,我讨厌他!

几个月后小宝被爸从火车站扯回来,身上背着一个脏兮兮的包,带着他这些天在建筑工地做小工挣来的钱,他的手里紧紧攥着一张火车票,目的地是福建。妈哭着说小宝你傻啊,连我们都不知道小雪的消息了,你又为啥?!小宝漫不经心地哼了一声,谁说我去找小雪,我又没见过她。说这话的时候,他看了我一眼,眼睛里似乎有亮晶晶的东西一闪,又倏地不见了。

过些天，爸妈托大头在针织厂当厂长的姨夫给小宝安排了一份清闲的工作，可小宝非要去销售科，去了几个月，竟然推销掉不少积压的商品，令大头姨夫刮目相看，特意来我家夸小宝能干，把爸妈乐得合不拢嘴。其实小宝也没啥法宝，他就擅长死缠烂打。他可以在陌生人的办公室笑容满面赖上一天，赶也赶不走，兼带倒茶扫地，一直坐到人家过意不去买了他的东西。后来，小宝向大头姨夫主动请缨，要求去开拓外地市场，竟把大头姨夫说动了。

走之前爸妈对着小宝唠叨了半天，他听完唠叨，特意到我房间来告别。我说小宝同志，不就是出个差嘛，至于隆重成这样吗？他一时无语，叫了我一声姐姐，对我笑笑，转身走了。从此，小宝离开了我们的视线。

小宝再次出现在我面前已经是第二年的秋天了。虽然事先没有一点征兆，但门被轻轻敲响的那一刹那，我的心突然跳得像擂鼓似的。我一下子扑到门口，仓促中还甩掉了一个拖鞋。

我就这么衣冠不整地站在门口，看到长大了的小雪。我曾经无数次想象与她相见的情景，无数次在梦中与她紧紧拥抱。但事实上，我的手臂在拥抱她之前，越过她，紧紧地，紧紧地抱住了她背后那个变得又黑又瘦的男孩……

小莫的海底

小莫下水前，朝我郑重地挥了挥手。这是他每次下水之前必做的一个动作。这种仪式从我四岁的时候开始，到我十六岁的时候结束。

我坐在礁石上一个绑着石头的大筐里,每次他挥手的时候我总是睁大眼睛,屏住呼吸。我很紧张,却不知道为什么紧张。我从小生长在海边,但我只能看到海的表面,我一点儿也不清楚海底是怎么样的,对于我来说,海底是属于小莫的另一个世界。

小莫从十二岁开始下水采淡菜,那年,我刚满四岁。

淡菜是我们那里最常见的海贝,味道鲜美。海里能吃的贝类不少,淡菜是长得比较怪的一种,椭圆形的壳,漆过似的亮黑,随身还带着一团乱麻,一群淡菜的乱麻纠缠在一起,运气好的采到了就能拉出来一大串。

小莫属于运气特别好的。从第一天下水,他就成串成串地往上拉淡菜。岛上的马大开了个加工厂,雇了些赋闲在家的女人,把淡菜用大锅煮熟,去壳晒干,装到塑料袋里封口,销到上海、北京那些大城市里去。塑料袋上印着红色的字:马大贻贝干,那是有名的海鲜干货,很受欢迎。小莫把淡菜卖给马大的加工厂,一个夏天能赚到不少的钱。

采淡菜的季节在夏天,但其他季节小莫也并非无所事事,他在海边钓鱼捉蟹,也在泥涂上捡海螺、海瓜子,但小莫从不跟着渔船出海捕鱼。

我不喜欢小莫皱着眉头抽烟卷,烟味很呛人。

我也不喜欢小莫大清早把我从热被窝里拖出来,赶我去学校。

从我四岁开始,小莫主宰了我的全部世界。

记得我四岁那年的一天,我醒得比往常早,身下的床单是湿的,我迷迷糊糊地叫娘,娘!小莫应声而来。我还没完全睡醒,我忘了我只有小莫了。小莫掀开湿湿的床单,下面的褥子也是湿的。他沉默地站在床边,我起来,看到褥子上有白白的棉絮露出来,就伸手去扯棉絮玩,才扯了两下,小莫的手就落到了我的屁股上,很痛!我哇的一声哭了。那是小莫第一次出手打我,我记得很清楚,屋子里弥漫着一股烧焦的红薯味儿。

从小到大,我记不清被小莫打过多少次,他的手板又大又硬。以前爹打我,我有娘的裤脚可以躲。小莫打我,我没地方躲,只有大哭大叫。隔壁的马婶听到我的哭声跑过来,有时候正财伯也会跟着过来,马婶搂着我唉声叹气,正财伯对着小莫骂,直把他骂得低下了头。

晚上,我和小莫一人占据着床的一边,背对背。床很大,是爹娘留下来的。半夜醒来,我发现我们都挪到了床的中央,我蜷缩着贴在他的胸前,而他的手臂自然地环住我,就像以前娘经常做的那样。想到娘,我就想哭,但我从没见小莫哭过,小莫比我大八岁,他已经不会哭了。

小莫的水性很好。小时候我经常因为小莫的好水性被吓哭,因为和他一起潜下去的人都游上来了,他却迟迟没有露出海面,我害怕又无助,只能看着海面哭,直到他黑乎乎的头颅冒出来,才破涕为笑。小莫似乎很喜欢待在海底,这让我很好奇。海底到底有些什么?我甚至有些无端的猜测,不过这些念头过于荒唐,刚冒出来就让我压了下去。

十多岁的时候,我缠着小莫想学游泳、学潜水,我也想看看海底。在渔村,一个男孩子若不会游泳,是件很丢脸的事。但小莫瞪着眼,绝不允许我下水。

十六岁那年,我初中毕业,考上了县里的高中。小莫不再下海了,马大的厂子聘他做销售部经理,在县里设了个销售点,离我的学校仅两条街。我住在他的宿舍。晚上我做作业,他带着女朋友出去看电影逛街。我不喜欢他女朋友,阔嘴大脸,我觉得她配不上小莫。小莫很英俊,长得有点像刘德华。

上大学后,我终于在学校的泳池里学会了游泳。暑假回乡我拖着个大箱子,里面是我借来的两套潜水装备。小莫来码头接我,他已经成了一个很平常的居家男人,一个三岁男孩的爸爸。儿子叫爸爸,他就笑,儿子要什么,他都给。我有点迷茫,那个动不动就打我的小莫,那个下水之前总是朝我挥手的小莫,就是眼前这个满脸堆笑,看上去脾气特别好的男人吗?

我带上两套潜水装备,拉小莫去海边,我终于潜到了海底,却没有看到任何我想看到的东西。

我和小莫坐在我小时候常常坐的礁石上,一人一支烟。

"我还记得你小时候坐在大筐里的样子。"他侧过头看了我一眼,"终于长大了。"

"我记得你向我挥手的样子。"

他沉默了一会儿:"其实每次挥手,都是跟你说,再见了,这次下去我再也不要上来了,我要跟我爹娘在一起。"

"可我从没看到你哭过?"

他指了指前方:"它看到过。"

前方是大海,我刚才下海的时候,尝到过它的苦涩。

小莫,大名徐海莫,十二岁辍学,是我唯一的哥哥。

翡翠

翡翠看完信,搁到一边,桌上几条蚕正窸窸窣窣啃着桑叶。翡翠想起信上提到的一个词:蚕食。"真形象啊。"翡翠看着它们贪婪的样子,突然觉得很厌恶。

信是沈君写来的。信上说:"我们已到达陕北。这里的生活虽然艰苦,但每个人都充满了信心。可惜你不能与我们同行,如果你来了,会觉得中国还是大有希望的。"

翡翠想起和沈君他们一起上学、办报、演话剧的日子,现在只剩下咀嚼和回味。"他们都走了,独独丢下我一个。"翡翠想象着他们在黄土高坡的狂放自由和意气风发,不由得怅然若失。

带信的是一个陌生人,他踏着嘎吱作响的木楼梯,找到翡翠家。现在他就坐在翡翠的对面,等着翡翠的一句回话。

"翡翠,给客人倒杯茶啊。"里屋传来的苍老声音伴着拉风箱一般吃力地喘息。翡翠应了一声,起身从锡罐里拿了一撮茶,放在瓷杯里泡上,茶汤有些发黄,叶片在水中起起伏伏,就像翡翠现在的心情。

奶奶的身体一天不如一天,所以翡翠无法跟着沈君他们一走了之。当然,还有一个原因翡翠没说。翡翠喜欢上海,她不喜欢黄土高坡。黄土高坡的风沙会让她如雪的肌肤迅速开裂、起皱,多可怕!现在的翡翠除了照顾奶奶,就是烹茶养蚕。这曾是翡翠向往的生活,可如今为什么让她觉得那么虚空呢?仅仅是因为沈君没在身边吗?好像也不全是。她觉得自己就像那些蚕,浑浑噩噩地活着,没有白天,也没有黑夜。

那人啜了一口茶,轻声说:"沈君同志说你非常可靠,我们现在很需要你的帮助。"

翡翠想了想,又想了想,她扭头看到有风从窗口跑过,吹皱了她的翡翠绿旗袍,然后她说:"好吧。"

翡翠出门时穿了一身小碎花的旗袍,嫩嫩的细藕样的手臂上,拎着一袋点心。那人说:"我们观察过,那个岗亭每天经过的百姓比较多,对带着良民证的,盘查得并不严,你只要把点心带过去,再把对方交给你的东西带回来就可以了。"

电车开到桥头停下来,车上的人都要下车鞠躬并接受检查。翡翠努力想象着她正在演一场话剧,而她只是一个戴着面具的角色,脸上没有任何表情。两个日本兵挨个儿看了他们的良民证,放他们过了桥。

茶室在闹市区,翡翠曾和沈君来喝过茶,她忘了当时喝的是什么茶,只记得沈君坐在她对面,眼睛亮亮的,像暗夜里的星。现在对面没有沈君,坐着一个剪着短发的女子,她们交换了点心和茶叶,说了会儿闲话。那女子说:"这茶很不错,你回去可以泡着喝。"翡翠轻轻地点头,淡淡地笑了。回来的时候,翡翠已经不那么害怕了。

翡翠把一盆花拿到窗台放上。约莫一个时辰,那人就来了,打开茶叶包,

细细从里面摸索出一张绿色的纸条。他看了纸条，用火烧了，然后对着翡翠说："太好了！你信吗？你现在所做的事，甚至比沈君他们所做的更有意义。"

那人走后，翡翠小心地将茶叶收到锡罐里，又舀了一小撮在瓷杯里泡开。茶是好茶，有着翡翠一样鲜亮的颜色，泡到水中，叶梗朝下，芽尖朝上，竟如同一朵含苞欲放的兰花立在水里。

翡翠狂热地爱上了喝茶。她把那些翡翠绿的叶片放进洁白的瓷杯，冲入滚烫的开水，叶片如同一朵朵兰花舒展，然后啜一口，有清香扑鼻，真是美好的享受。至于那些泡过的茶叶，她也不忍丢弃，晒干后做成枕芯，每天伴着茶香入眠，让她觉得心里特别安宁。

意外出在回来的时候，那个岗亭除了平时把守的两个日本兵和伪军，又多了几个日本军官。那是翡翠第五次出门，此前的几次都很顺利，所以翡翠并未在意。她下了车，像往常一样，手里拿着良民证跟着排队的人流慢慢往前挪，却发现今天的盘查比往日严格得多，每人手里的东西都要打开来检查。翡翠突然就慌了，怎么也找不到角色的感觉。

再过五六个人就轮到翡翠了，翡翠看着手里的茶叶包，脑子里仍然空空的。队伍停下来，正在过岗亭的那人大概因为害怕，愣愣地攥着手里的大袋子，没有及时打开，日本兵哇里哇啦叫着，猛地拿刺刀一挑，袋子里的东西霎时滚落一地。

翡翠突然尖叫一声，攥着手里的茶叶就往桥头跑。

那天，很多人看到一个身穿淡绿色旗袍的女子，轻盈地跃过桥栏，飘进了苏州河。她落在水中的样子，像极了一朵含苞欲放的兰花。随着她飘进河里的，还有洒得纷纷扬扬的茶叶，每一片都有着翡翠的颜色。

很多年以后，一个男人坐在苏州河边，那里不再有岗亭，不再有日本兵。男人将一把把茶叶洒入河中，嘴里喃喃地重复着一句话：好茶，翡翠。

珍珠

珍珠命好，在整个龙游县城是出了名的。

当年，有个江湖术士路过龙游，受邀入了珍珠的满月席。他对尚在襁褓中的珍珠左右端详了一会儿，说这女娃娃，天庭饱满，脸如满月，耳珠肥厚，两眼有神，日后必有大福大贵。

其实术士此话多余，珍珠一出生，福贵之态已定，用不着等日后再验证。村人里都说，光珍珠脖子上挂的那串珍珠，足够她几十年吃穿不愁了。在龙游，巫是大姓，巫家世代经商，到了珍珠的父亲巫启凡这一代，更是达到了巅峰。珍珠一落地，便如同落入金银窝，满月时挂到珍珠脖子上的那串珍珠，据说价值连城。

巫启凡虽是商人，对文人墨客却十分景仰。袁家大公子乃文在省城上过大学，是附近十里八乡有名的才子，深受巫启凡的推崇和喜爱。所以尽管袁家家境一般，巫启凡还是做主把珍珠许配给了乃文，还把自家一所闲置的老宅慎思堂，也送给了女儿女婿。

婚后的珍珠最喜欢做的事，就是站在乃文的书桌旁边，帮他研墨，看他写字画画。然而珍珠却是不识字的。巫启凡喜爱这个女儿，甚至不忍心让她上学，他觉得女孩子读了书，有了思想，便会增添诸多烦恼。

珍珠的平静生活，没过多久，就像候鸟一样飞走了。乃文说，珍珠，我得去趟省城。

慎思堂的天井很寂寞，珍珠缓缓数着屋梁上雕刻的喜鹊和蝙蝠，在心里念叨，数满一百个，乃文该回来了吧。珍珠学过数数，但只能数到一百，再从头数起。

珍珠不知数了多少个喜鹊和蝙蝠，只知道天色白了又黑，黑了又白，乃文终于回来了。他看上去很疲惫，身后还跟着三个青年人，其中有一个女孩子，剪着齐耳短发，穿着淡蓝的短褂和黑色的百褶裙。乃文说，珍珠，这些都是我的大学同学，他们这次到我家来住几天。珍珠对着他们腼腆地笑，那个女学生上来拉着珍珠的手说，我叫慧君，珍珠，你笑起来可真美。

乃文虽然回来了，可珍珠还是难得见到他。他和他的同学不是在书房，把门关得紧紧的。就是早出晚归，累得躺下就睡，珍珠跟他连句话都说不上。中午，珍珠一直倚在厨房门口看着李妈忙碌。李妈知道珍珠的心思，过来凑着珍珠的耳朵说，我把饭菜送进去的时候，姑爷他们拿着一些纸比比画画地说事情呢，好像在商量什么大事。

听说日本人的飞机飞到衢州上空，把火车站给炸了，村里顿时人心惶惶。巫启凡来到慎思堂，把女婿叫到东厢房，两人说了一个多时辰，珍珠隐隐听见里面传来争吵声。末了，巫启凡铁青着脸出来，扯着珍珠就往门外走。珍珠死死地扳住门框，终究还是没有拗过父亲。

珍珠天天躲在房间里流泪，她娘不忍心，去求她爹。巫启凡阴着脸，说，你懂什么！虽说现在日本人还没打到龙游，但风声越来越紧了。你知道乃文他们在做什么事吗？他突然把声音放低，用手臂在自己的脖子前横着比画了一下，把珍珠的娘吓得一下子噤了声。

碉堡和工事都修起来了，偶尔还能听到远方零星的枪炮声。大家说起日本兵或鬼子，都自然地放低了声音。但珍珠对这些都不在意，她的心里只放着一件事。有一天，她终于寻到机会偷偷去了那座老宅。

慎思堂还是那么亲切，珍珠和梁上的喜鹊蝙蝠对望着，彼此都很欢喜。她轻轻走到书房门口，里面有乃文说话的声音，听上去很消沉，我们的经费快用完了,怎么办? 然后她听到另一个声音说,乃文,要不找你的岳父借一点儿,听说他很有钱。珍珠暗暗替乃文着急,她想,若是乃文需要,她就帮他去央求父亲。然而,父亲会借吗? 突然,她的手无意触碰到胸前一颗颗圆润的珠子,她微笑了。

乃文变得又黑又瘦。他伸出手,轻抚珍珠的头发,说,国难当头,珍珠,我只能对不住你了。珍珠则仰起头,急切地说,你们说的经费,我有!

离开的时候,珍珠恋恋不舍地回头,透过虚掩的门,他看到慧君从书房出来,跟乃文说话。她低头看了看自己今天精心挑选的藕荷色旗袍,轻叹了一口气。

回到娘家,珍珠央李妈给她做一套衣裙,要淡蓝的短褂,黑色的百褶裙。李妈摇了摇头,小姐,你柜子里的哪件衣裙不比她的好看。说归说,还是做了。珍珠把衣裙小心地藏在柜子的最里面,不让爹娘看到。

珍珠最后一次见到乃文,他正在整理行装。乃文扬了扬手中的征兵通知,说,珍珠,我正要去跟你告别,我们决定了,还是直接上战场杀鬼子痛快。

珍珠好不容易止住眼泪,她拿出最后两颗珍珠,自己一颗,给乃文一颗。她说,乃文你记住,这颗珠子,你必须回来还我。

穿着蓝色短褂和黑色百褶裙的珍珠很美,但别人是看不到的。因为珍珠只会在空无一人的慎思堂才穿上它们。

传说中的日本兵在大白天闯进了村子。因为附近有中国军队,他们不敢久留,放了几个空枪,刺伤了几个人,掳走了一些粮食和鸡鸭,就撤了。有人远远地看到他们还抓走了一个女学生。等村里一些胆大的年轻人拿着锄头、铁锹追出去,已经找不到他们了。

珍珠不见了。巫云凡寻遍了慎思堂的每一个角落,只找到一块被扯破的碎布,淡蓝色的阴丹布。他心里仍存着一丝侥幸,因为他不记得女儿有过这样的衣服,但当他在门框边的夹缝里发现一颗硕大的珍珠时,忍不住号啕大哭。

珍珠就这样悄无声息地消失了,只留下一颗沉默的珠子。只有它知道,珍珠留下它,是让它替她等,等着另一颗珍珠。

碧玺

刚入夏的时候,卢比背着包离开,碧玺用了整整一个夏天思念他。到了秋天,天高云轻,记忆就慢慢地变淡了。

什么都会变淡,只有这些老茶树的叶子总是那么绿。碧玺这么一想,就更珍爱这片茶树林了。茶园是爷爷的命根子,也是碧玺从小到大的乐园。爷爷找了块奇形怪状的大石头,用红漆在上面写了两个大字:天赐园,竖在一株最老的茶树旁。碧玺问爷爷,这是什么? 爷爷说,这是给茶园取的名字,谢谢老天爷赐给我们这个茶园。

没事的时候,碧玺很喜欢坐在石头上看半山腰飘着的云团,浓的时候,像棉絮扯不开,淡了,就变成一大片薄雾,若有若无,钻到鼻子里润润的,却看不见它们。

卢比在的时候,最喜欢大雾天,他喜欢闭上他那蓝色的眼睛,耸着高鼻子夸张地呼吸山间潮湿的空气。碧玺随手摘两片老茶树叶,卷成圆筒塞到卢比的鼻孔里,说这样吸力更大。卢比的样子变得很怪,碧玺就看着他咯咯咯地笑,卢比忍住不笑,他一笑,树叶卷就会掉下来,碧玺就假装生气。

卢比是碧玺从深山里"捡"回来的,刚来的时候整个人似乎虚脱了,站都站不住,碧玺架着他走,累出了一身汗。后来卢比吃多了爷爷打来的野味,就越来越壮实了。一开始卢比不肯吃野味,爷爷瞪着眼睛逼他吃。卢比的脾气很好,爷爷一瞪眼,他就捏着鼻子吃,吃完后再喝一大杯泡得酽酽的浓茶。

卢比爱喝茶园里产的茶,喝得上了瘾。所以卢比走的时候,碧玺把家里能找到的茶叶都包起来塞到卢比的包里。爷爷瞪着眼睛说:这丫头,爷爷这半年多喝什么?碧玺可不怕爷爷瞪眼,她说咱们明年开春可以再摘,卢比喝完这些,就再也喝不到咱家的茶叶了。

碧玺很希望卢比能留下来,三人继续分享这些茶叶,但卢比还是背着包跟着来找他的人走了。卢比说,打日本。他这么一说,碧玺和爷爷都不言语了,他们不能拦着卢比去打日本人,尽管他们舍不得卢比。卢比只能说几句简单的中文,这是其中一句。这段时间,碧玺又教他说几句简单的中文,还教他写汉字,但是卢比在写字上有些笨,一个"赐"字能写半天,还常常写错。

卢比走后,碧玺又在山上看了两年或浓或淡的云雾,便被爷爷嫁到了山脚下的镇子里。爷爷说,女孩子总要嫁人的,现在日本人已经打跑啦,你还是住到镇子里去吧,安安稳稳过日子。碧玺说:日本人打跑了,那卢比呢?爷爷抬头看看天上的云,说:回他自己的国家了吧。

转眼很多年过去,碧玺竟然六十岁了。这些年,爷爷去了天上,写着天赐园的石头还在,茶园却改了名字,叫东风茶园。碧玺有时候照镜子,会有些恍惚,镜子里那个慈眉善目的老太太是她吗?那个漫山遍野跑的野丫头去了哪里?这里没人叫她碧玺,大家都叫她天赐妈。

碧玺的六十大寿过得很热闹,儿子天赐和女儿天意都特意从城里赶回来,在镇上的酒店办了五桌酒席,还给碧玺搬来个大彩电。晚上,天赐调试电视机的时候看见新闻说,有个美国老人正在本省找一个叫天赐的地方。天赐笑着说了句,嘿,怪了,还有叫天赐的地方?那时,碧玺正好去了外屋,没听到这话,不然,碧玺在六十岁的时候就能见到卢比了。

碧玺七十岁的时候,天赐天意一定要把她接到城里去住。碧玺让他们陪她去趟东风茶园,她怕再不去,以后就走不动了。

老茶树的叶子还是那么绿,云还是那么散散淡淡飘成雾的样子,碧玺想起卢比的高鼻子里插着茶叶卷的模样,那么清晰,就像昨天的事。碧玺笑了,她笑起来的时候,又回到了小姑娘的模样。

这些年开始流行百年老店,老品牌。天赐园的茶叶好,销量不错,镇上扩大了茶园的种植面积,还把刻着天赐园的石头搬到醒目的地方,重新刷了红漆,想恢复这个老招牌。

碧玺指着石头,对天赐天意说,瞧瞧,还是你们太姥爷取的名字好。碧玺走到石头的背面,蹲下来,字果然还在,很小,不易察觉。一共八个字,分两行,上面刻着天赐碧玺,下面刻着天赐卢比。这是当年碧玺瞒着爷爷,教卢比刻上去的,卢比的字歪歪扭扭,但一点儿都没有刻错。天赐看到这字,突然一拍脑袋说,妈呀,我想起来了,原来十年前那个美国老头找的就是您啊。

天赐找到电视台,根据卢比留下的联系方式找他,却被告知,卢比已经在两年前因病去世。

卢比有两个儿子一个女儿,他们来的时候,镇上举办了隆重的欢迎仪式,还重新修缮了茶园的大门,请他们剪彩。各路记者蜂拥而至,天赐茶园的名气一下子传得很远。

碧玺当然也被请到了现场,抗战期间,中国老百姓勇救受伤的美国士兵,她是故事里的主角。

碧玺穿着天意帮她精心挑选的新衣服,拘谨地坐在主席台的最边上,手里紧紧揣着一个本子,本子的前几页是卢比的画,画里有茶园、天上的云朵、写着"天赐"两个字的大石头。画里还有老爷爷、高鼻子的美国人、扎辫子的小姑娘。本子的后面贴着卢比的照片,一年一张。本子的封面上,用中文写了三个字,给碧玺。

记者采访碧玺的时候,碧玺不知道说什么好,嗫嚅了半天,只说,以前他老学不会写汉字,想不到后来竟然写得这么好了。记者提出要看看卢比留下的本子,碧玺一下子把本子紧紧抱在怀里,说什么也不给。

那个本子又陪了碧玺很多年,碧玺几乎每天都看一遍。

在碧玺生命中的最后一天,她说,我可以看到卢比是怎么慢慢变成老头的,而卢比却只记得我扎辫子的样子。这么说着,她咧开没牙的嘴笑了,然后合上本子的最后一页,闭上了眼睛。

夜行

灯,到处是灯。弯弯的月在城市的上空惨淡得如同一片薄雾。

"这城里的夜,真是亮得邪门,不知要用掉多少电呢。"他愤愤地想。

两年了,他第一次穿戴整齐走在城市最繁华的街道。身上的深蓝 T 恤和灰色裤子,还是他出来打工前秀秀特意去集市买的。秀秀说:"穿得体面些,不要让城里人看不起咱。"

刚刚下肚的那两碗牛肉拉面暖暖地躺在胃里,让他觉得踏实。很久没有好好地吃顿饭了,先是听说公司钱跟不上,工程要暂停,接下来就是那个挨天杀的斜眼工头卷走了他们半年的血汗钱后逃得无影无踪。那段日子,他每天只敢吃几个馒头度日。

吵了,闹了,公安局立案了,可斜眼就像蒸发了一样。无奈,在登记好联系方式,拿了公司垫付的五百元生活费后,工友们都各自散了。

同乡打好铺盖回家的时候问他回不回,他何尝不想回啊?!可妮子和庆儿快开学了,娘的药也快吃完了吧,他该寄回去的钱却还没着落,他急呀!

前面的大酒店门口站着两个男人,穿戴得像电影里的俄国兵。富豪大酒店,他听阿根说起过,进出那里的全是有钱人,吃一顿要好几千元钱。当时他同几个工友和阿根争得面红耳赤的,几千元?!他们一村人能吃上半年,城里人往撑死了吃,一顿也吃不了那么多呀!

酒店门口的车像走马灯似的,他站着看,一直揣在裤兜里的右手下意识

地攥了攥兜里那东西,手心已经冒汗,潮潮的。这里太热闹,他不想再待下去,便转身拐进了右边的岔道。

灯光渐渐稀落,只有旧城区的夜晚还像夜晚。一条逼仄的巷子,被如墨的夜色涂抹在一片阴影之中。他进去找了个拐角蜷缩着坐下。

街巷深深,安静得能听见自己的心跳。

一阵脚步声传来,他蓦地紧张起来,从墙角的缺口望出去,只见一个宽宽的身形,竟然有几分像村里的胡屠户。他的手开始微微发抖,人也仿佛虚脱了一般。犹豫了一会儿,他颓然往里缩了缩身子。胡屠户的力气那叫大,他杀猪的时候,全村的闲人都会跑出来看热闹。"唉,也不知道秀秀他们有多少日子没闻到肉味了?"他心里钝钝地疼着。

他听到一男一女轻轻地说话,他们提着一大兜东西走进巷子。男的瘦高个,戴着一副眼镜,使他想起了村中心小学的林老师。当初庆儿到了上学年纪,他跟秀秀合计着让妮子辍学,家里穷,供不起两个孩子上学。可林老师硬是到他们家跑了三趟。别看他说话文绉绉的,水平可高着哪,他说妮子是个聪明孩子,以后一定有出息,让她多读一年书,便是给孩子的将来多铺一段路啊。这些话,他一直都记在心上。

看着两人的背影消失在巷子深处,他突然不想再坐在这里了。他立起身,拍拍屁股上的灰,再回头看那个角落,像小时候故事里吞噬人的怪物张着大口。他有点害怕,赶紧加快脚步逃也似的离开了小巷。

前面一个女人,背着坤包,高跟鞋在地面敲击发出清脆的声响,朝不远处的宿舍楼走去。他跟在后面走着,额头已布满了汗珠,兜里的右手僵硬得都快痉挛了。

走着走着,他突然有点迷糊,那纤弱扭动着的腰肢,怎么那么像年轻时的秀秀啊。那时候他经常远远地跟着秀秀,一直跟到她回头对他羞涩地笑笑关上家门,他才恋恋不舍地离开。"可惜秀秀,嫁给我以后没过上一天舒坦日子,先是服侍老的,后来又拉扯两个小的。"他觉得自己眼睛渐渐模糊了,直模糊到看不见前面的影子。

路边公园的大门敞开着,听阿根说过很多公园都不用买门票了,但他一次也没进去过。

　　婆娑的树影,依稀又回到了乡下。一个娃娃在小径跌跌撞撞地学步,这个场景激起了他遥远的记忆。突然小孩一个跟跄,他下意识地冲上去扶住了他,那孩子愣了一秒,便冲他咧开嘴咯咯咯地笑,那可爱的脸,真像一个天使。

　　听到自己笑声的时候他还有点不敢相信,他好久没有这样开怀地笑了。一个女人跑上来,连声说着谢谢,他张口想说不用谢,却听到自己也重重说了声:谢谢!

　　身旁传来一阵嘻嘻哈哈的喧闹,一群年轻人围坐在石桌旁,大家正对着一个男孩奚落:"真笨真笨,带了西瓜不带刀,你让我们怎么吃?"那男孩憨笑着,作势要拿手掌去拍桌上的大西瓜。他微笑着走过去,从兜里拿出一把水果刀轻轻放在西瓜旁边。

　　兜里一下子轻了,他如释重负。"明天再去找一份活干,我有的是力气。"他这么想着,加快脚步走向黑夜的尽头。

　　等待他的,将会是怎样的一个黎明呢?

在那遥远的地方

　　将军是傍晚时分到达疗养院的。

　　和想象中一样,他威严挺拔,身上透着一股长年军旅生活磨炼出来的凛

然之气。他的身边是娇小的夫人,一头雪一样白的银发衬托着菊花一般慈祥的脸。

在简单的欢迎仪式后,我把他们领到了房间。院长指名要我做将军夫妇此次疗养的全程接待,这让我感到很自豪,我上午已经仔细检查了一遍房间的卫生状况和所有设施,确认一切都十分完美。将军进了房间,目光在四处巡视了一遍,赞许地对我点点头,将军夫人笑着对我说了声谢谢。

晚餐后,我礼貌地问他们是否去海滩边散会儿步。将军夫人看了看手表,笑容可掬地说:"我们先回房间,等会儿再出去吧。"不到十分钟,服务热线电话突然"铃铃铃"刺耳地响起,竟是将军打过来的,他大声地叫我马上过去,像在命令他手下的士兵。

我用最快的速度赶到他们房间,将军的脸紧紧地绷着,他的手指着电视机,大声地问:"怎么回事!这算什么疗养院?!"我的脑袋嗡的一下,电视机开着,却没有图像,可我上午试的时候,它还是好好的。

我急忙对将军说:"我们马上给您换一个电视机,要不,你们先到隔壁房间去看一会儿?"嘴里说着,心里却不由得暗暗嘀咕:"将军也不如外界传说的那么和蔼平和,为了一个电视机,至于这样大发雷霆吗?"

将军夫人看了一下手表,沮丧地说:"已经来不及了。"我轻声对将军夫人说了声抱歉,问是什么节目,我去查查还有没有重播?将军夫人迟疑了一下,说是气象预报。我一下子松了一口气:"这没问题,我可以马上查到本地半个月的气象情况。"将军夫人说:"我们不看本地,我们看新疆的气象。"新疆?好遥远的地方!不过这根本难不倒我,我打开桌上的电脑,轻轻一敲键盘,新疆一周的天气情况就出现在我们面前。将军夫人的脸上露出了惊喜的笑容,她轻轻地嗔怪将军说:"你看,你老不让电脑进门,其实电脑真的很好啊。"她又对我抱歉地笑:"这二十多年我们每天看气象预报,已经成了习惯,前两天又看到新疆有沙尘暴天气,所以才这么着急,吓着你了吧?真对不起。"将军的脸也不再铁青地板着了,盯着电脑的眼神甚至有了孩子般的好奇。气氛一下子缓和下来,我松了一口气,随口问:"你们肯定有亲人在新疆,是吧?"将军夫人嗯了一下,接下去便悄无声息。

我坐在电脑前,感觉到背后那一大片沉默的空白,缓缓地回头,看见将军凝重的表情和将军夫人抑制不住的两行清泪。二十多年了,他们每天都看新疆的天气预报,因为新疆有他们的一个儿子。

将门出虎子,儿子也是军人,那张年轻帅气的脸结合了父母的所有优点,这是我在将军夫人珍藏在身上的照片里看到的。二十世纪七十年代末,那个年轻的军人在父亲的鼓励下奔赴新疆,和他的战友一起在冰雪覆盖的土地上修筑天山独库公路。

洁白的雪最终掩埋了他的躯体,那个年轻的生命永远留在了新疆尼勒克县,一个叫乔尔玛的地方。

"明天,新疆依然是好天气。"将军若有所思地说。

"后天也是。"我说。

凉风习习的沙滩上,将军夫人款款回头,朝我们浅浅一笑……

猜猜我是谁

如果没有那个电话,我不确定,还会不会这么清楚地记起他。

他叫苏芒,多年以前,我们曾经是非常要好的哥们儿。他开了一家贸易公司,生意挺红火。他的公司和我单位在同一幢大楼,我们三天两头去码头边的大排档一起喝酒吹牛。

我记得，他离开岛城的头一个晚上，我们最后一次在大排档喝酒。那天，他喝醉了，手里挥舞着啤酒瓶子，把我们大骂了一顿。他挨个儿指着我们的鼻子，说什么哥们儿，都是他妈的酒肉朋友，一个都不能信。后来，我们也醉了。

第二天，我们把苏芒送上船。他站在船舷上，双手抱拳，像古时候外出云游的侠客。我们站在岸上，有些心酸，看着船愈行愈远，驶向更遥远的南方。

苏芒骂我们，但我们没有生气，我们理解他的苦闷。他相信一个朋友，为朋友的公司融资做担保，结果，那人一声没吭携款潜逃了，杳无音信，留下他面对法院的传票和封条。公司破产清偿后，他不顾我们再三挽留，执意要一个人去广东闯世界，那是一个陌生的地方，没有朋友。刚去时，他和我们还少有联系，最后竟失去了音讯。也许，他真的对朋友失望了。

说真的，我很高兴，终于又听到了苏芒的声音。他的声音很特别，沙哑，又带着浓重的金塘口音，所以，当他说猜猜我是谁的时候，我立马大叫一声：苏芒！

苏芒说过几天要回舟山看望我们，我说太好了，我通知老朋友们，咱们还去大排档喝酒。放下电话，我很激动，坐我对面的小鲁摇着头说，老哥，我怀疑你被骗了。对方是不是让你猜猜是谁？我说是啊。小鲁一拍桌子，那就对了，这可是这几年风靡一时的经典骗局啊，不信我跟你打赌，过几天他该打电话来要钱了，你千万别信他。小鲁翻出一张报纸给我看，上面一件件案例，都是以猜猜我是谁开始，以被骗一笔钱结束。可我总觉得，电话是真的，那声音，分明就是苏芒嘛。

过了几天，苏芒来电话，说他正开车回舟山。我急忙给几个朋友打电话，他们说所谓的苏芒也给他们打过电话，有两个人和小鲁一样，一口咬定是骗子，另两个则说声音太像了，将信将疑。

当那人再次打电话，说出了车祸要我汇钱的时候，我终于信了小鲁，骂了一句骗子就把电话挂了。

后来，苏芒真的到了岛城。我们在大排档一起喝酒，听他给我们讲故事。苏芒说，他刚去广东的时候，谁都不敢信。后来，他遇到一个贵人，在他最困难的时候帮了他,在那人的帮助下,他又东山再起。而他的恩人去新西兰定居,两人渐渐失去了联系。去年,他突然接到一个电话,要他猜猜是谁,他依稀听出是恩人的声音,欣喜若狂。恩人说近期回国,想见见他。他们约好时间,就在快临近见面的时候,他接到电话,是个陌生人,自称警察,说有人出了车祸,在医院紧急抢救,查那人的手机最后拨的是他的电话,问他们是什么关系,是否能带钱去医院。他很恼火,原来竟遇上了传说中的骗子,他说了句我和他没关系就把电话挂了。

我们几个举着酒杯哈哈大笑,说苏芒,原来是这样,你被人骗,学会了骗人的方法,又来骗我们玩,可真够损的。

苏芒没笑,他低下头,缓缓说,我的恩人,在我们约好见面的那天,因车祸在医院去世。

信不信由你,那个电话是真的。

憨宝其人

我们看着憨宝扑哧扑哧爬上山顶,皱起来的眉毛像两条纠结的毛毛虫。

我顺脚踢了块石头过去:"憨宝,你来做啥?"

憨宝把鼻涕"哧溜"吸进去,向上翻了翻白眼:"山又不是你家开的,我爱做啥做啥。"便低下头钻到松树林去了。他的裤脚一只低,一只却高高吊着,看上去真滑稽。

我和宗汉在山上瞎晃悠了半天，摘了不少蘑菇，捧着嫌累赘，又扔了。最后抓了几个背壳亮亮的甲虫，系上细绳，甲虫在前面嗡嗡飞，我们牵着绳子在后面疯跑，跑着跑着，就被一个大东西绊了。

这个大东西竟是憨宝，他蹲在地下不知在捣鼓什么，被我们一绊，手上的瓶子吧嗒掉在地上，一大群长着很多脚的家伙呼啦啦朝着四面八方逃窜，一下子就不见了踪影。

憨宝倔，歪着头扯着我的衣服非要我们赔他的蜈蚣，我和宗汉哪敢捉这么恶心的玩意儿。有一次我摘蘑菇不小心被石头下的蜈蚣咬了一口，手指头又肿又痛好几天。后来我们只好跟憨宝拉了钩，答应一人给他讲两道数学题，他才肯放我们下山。

别看憨宝抓蜈蚣一抓一个准，碰到数学课什么鸡兔同笼、蜻蜓螃蟹各有几只脚之类的题目他就犯迷糊。当然，我们班犯迷糊的不止憨宝一个，迷糊久了就破罐子破摔了。但憨宝很特别，他拿着不懂的题目到处请教，一开始陆老师很高兴，经常在班上表扬他的好学精神。可憨宝不是一般的迷糊，陆老师多好的脾气啊，跟憨宝说着说着就不知不觉拍起了桌子。

后来，谁见了憨宝拿着书过来就躲。那时候我们班最流行的一句话是："再怎么怎么样，就让你给憨宝上一课。"有一次陆老师在上课的时候批评一个同学，竟然脱口说："你再讲空话，就罚你给憨宝上课。"惹得我们哄堂大笑，很多人都笑得扑在课桌上，憨宝也伏在课桌上，笑得肩膀一抽一抽的。

憨宝除了数学，对语文之类的课程都不大上心。在研究数学问题之余，他最大的乐趣就是捣鼓蜈蚣、乌贼骨、橘子皮之类的东西，到处搜罗了来，晒干卖到药店去。陆老师悄悄在班里做过一次动员，我们吃橘子的时候就把皮攒着，送给憨宝。

我们经常能在街上看到憨宝的爸爸，佝偻着背拉一辆小板车，板车上有时候是大石头，有时候是长木头，每次都不大一样。憨宝家的门口长年倒着药渣子，他妈妈长得很秀气，我们去憨宝家总看到她躺在床上，只有一次坐在院子里，看着我们眯眯地笑，阳光把她的皮肤映得很白很白。

小学毕业考试之前，我们第一次看到没拉小板车的憨宝爸，他跟陆老师在墙角说话，我和宗汉躲在拐角听。

憨宝爸说："陆老师你说句实话，我们家憨宝到底是不是读书的料？"

陆老师迟疑了一会儿说："憨宝同学，他、他很爱学习。"

憨宝爸拉下肩膀上的衣服，那里已经黑乎乎看不出皮肤原来的颜色了。憨宝爸说："陆老师，如果憨宝是读书的料，哪怕我把这个肩膀废了都供他读下去，如果不行，还不如早点出来干活帮衬家里。"

陆老师的声音听上去有些颤抖："看看憨宝同学毕业考试的成绩再说吧。"

考试的时候，我和宗汉冒着被抓住的风险，一人塞了一张小纸条给憨宝，憨宝展开纸条看的时候，陆老师刚好踱过来，我紧张得浑身冒汗，陆老师却突然转了个方向，又踱远了。

开学后一连三天，没看到憨宝来上学，我们都以为憨宝不会再来了。第四天，憨宝却背着书包出现在教室里，神色蔫蔫的，额头还有一块大大的乌青。宗汉告诉我憨宝非要上学，被他爸揍了一顿，连最疼他的妈妈也嫌他不懂事，骂了他。

老师布置的第一篇作文是《我的理想》，我们班六十多个同学，想当科学家的只有两个，想当解放军的十个，有三十个准备当老师，剩下的都是想当医生的。

憨宝也想当医生，他的语文不好，所以作文本上只歪歪扭扭写了几行字：我的理想是当个医生，可以拿着听诊器，穿着白大褂，坐在干净的医院上班，病人看到我都尊敬地叫蒲医生好。我还要搞研究，发明一些特效药，病人一吃病就全好了，我不但要治好妈妈的病，还要赚很多钱，让爸爸不用再拉小板车。

憨宝姓蒲，不过大家平时都叫他憨宝，差点忘了他姓蒲了。

语文老师给憨宝的作文打了六十分，在课堂上，老师把憨宝的作文和一篇打了九十二分的作文做了比较，老师说："同样的理想，但表现出两个同学不一样的道德情操，蒲宝同学的理想只停留在小我的高度。"憨宝很认真地

听,红着脸低下了头。

初二的时候,憨宝还是退了学,在街上摆了个修车摊。

那天,宗汉出差来省城,我问他憨宝还修车吗?宗汉说现在开了个摩托车修理行,生意还不错。他突然哈哈笑起来,说你还记得憨宝的理想吗?他现在用草药治些头疼脑热的,还真有一手,而且不收一分钱,我们那条街的人,都尊敬地叫他蒲医生哩!

"哈,以前还真没看出来。"我说,"明天我也回去,我们去看看蒲医生吧。"

麦柒柒点子铺

麦柒柒是我从小到大的玩伴,那些年,我和他形影不离,连上个厕所都约着一块儿去。我们一高一矮,一胖一瘦,绝对是校园里一道亮丽的风景。为此,老师多次向我妈告状,说我在交友上不够慎重。我不明白,不就是因为我的成绩在全班遥遥领先,而麦柒柒的成绩在全班垫底吗,怎么就不能交朋友了?

其实我特喜欢麦柒柒的那股子聪明劲儿,他的脑子里老会冒些稀奇古怪的想法,让我不得不佩服他。可他就是不愿好好念书,他说怕那些一本正经的功课会把他脑子里的好东西赶跑,那就太亏了。我觉得他的担心还是有些道理的,为了保住他的聪明劲儿,我经常想方设法帮他作弊,哪怕老师把我们的座位排得再远，我都能把小纸条递到他手上，让他好歹混个及格。他则经常给我讲些稀奇古怪的故事，以弥补我因为忙于学业而无暇顾及外部精彩世界的遗憾。这些故事有些是真实发生的，有些是他看电影看闲书发现的，有些则是他自己杜撰的。他给我讲的事都经过了他聪明大脑的筛选，所以听起来格外的有意思。

中考后注定是我们分手的日子，我考上了本市的重点中学，麦柒柒勉强考上了职业高中。这本来是没有悬念的事情，但我还是整整难过了一个学期。我们偶尔还会见面，见面的时候他还是会给我讲故事，但我已经不太跟得上他的思路了，他的口中经常会出现一些我听不懂的新名词，得解释半天，这让我很沮丧。而且我不得不开始关注那些该死的大学排名、特色专业、宜居城市之类的信息，可以这么说，我们之间的共同语言变得越来越少。当然，我跟麦柒柒还是最最要好的朋友，这一点是永远不会改变的。

考上大学以后，我在远离家乡的城市，像出笼子的小鸟、脱缰的野马般，一下子变得轻松无比。我睡懒觉、翘课、打电玩、找女朋友、泡吧……反正把以前当好学生时积累下来的优秀品质全都挥霍一空。我在QQ上对麦柒柒说，要是你在就好了，我们可以一起疯玩。麦柒柒说，切，十八岁以前我使劲玩，十八岁以后我是个大人了，得干正事。

麦柒柒说的正事我知道，他在淘宝开了一家网店，专卖家乡的鱼片、鱼干、鱿鱼丝，他常寄一些小包装的食品给我，让我分给同学吃，还让我在校园网发信息，帮着他吆喝。这事我当然乐意做，因为麦柒柒，大学四年我没缺过海鲜零嘴，让我妈省了很多事儿。

大学快毕业了，我纠结于该继续考研还是找个工作。我在QQ上同麦柒柒说了这事，麦柒柒说，简单，明天我会给你一个建议。第二天，他给我发过来一张清单，上面详细列举了近几年家乡及附近城市大学毕业生的收入标准、递增速度，预测了读研的投入和几年后的收益，最终经比较，计算出明显优于读研的可接受目标单位及收入，以及凭我的综合条件，应聘这些单位的成功概率。

不得不承认,麦柒柒是我见过的最聪明的人。为了报答他,我决定帮他卖一个假期的鱼片。但麦柒柒说,关了,现在舟山开同类网店的太多,竞争激烈,利润又薄,我换了个网店开。

麦柒柒发过来一个网址,我进去一看,差点把一口可乐喷在电脑上:麦柒柒点子铺。

没想到,麦柒柒真的卖掉了很多点子。什么求职点子、创业点子、征婚点子、减肥点子、装修点子、求婚点子、派对点子、愚人节点子,甚至还有家庭主妇向他买杂物收纳点子。这些点子分零售价、批发价和量身定做的VIP价。

我的求职点子算是麦柒柒无偿赠送的,后来我又到麦柒柒点子铺偷偷买了几个点子,结果成功追到了我的老婆。麦柒柒送给我的最后一个点子,是说服我接手了他的网店,他的公司麾下已经拥有十多个优秀的员工,我只要负责管理就行了,就是说,即使没有麦柒柒,网店也能正常经营。

网店当然还叫麦柒柒点子铺,等麦柒柒周游世界回来,谁知道他的脑子里又会冒出哪些新点子呢!

健忘症患者莫一南

年过五十,莫一南觉得自己的健忘,到了登峰造极的地步。

比如周末,他看到欧尚超市的广告宣传单上有一款烧锅在打折,就坐了五站公交车赶到欧尚。但到了商场他竟然忘了自己是来买什么的,结果买了一大堆没用的东西,回家后,还得用那个掉了把手的旧锅烧汤。

还有一个晚上,莫莉莉打来电话,让他务必于第二天把她橱子里放着的那些旧画作快递过去,学校办艺术展要用。莫莉莉打完电话就安心等着收快递了,因为她知道她爸一向拿她的话当圣旨执行,绝不会出错。结果,她的画没赶上艺术展,因为莫一南第二天就把这事忘得一干二净。

莫一南在单位一直是个好员工,但近来因为健忘耽误了不少事儿。好在领导还是比较善解人意的,找莫一南谈了几次话后,说老莫,年纪大了也是没办法的事,要不给你换个工种吧,你可以做些重要不紧急,或既不重要又不紧急的事情。

就这样,莫一南的生活因为健忘有了一些改变。莫一南向来是一个比较豁达的人,对于他来说,健忘这件事,既来之,则安之,不得不面对,这就像天要下雨人要老一样,是自然规律。但莫一南最担心的,只有一件事,千万不能把那只老怀表给忘丢了。

老怀表是莫家的传家宝,是莫一南爸爸的爸爸的爸爸留下来的。太爷爷是个商人,当年走南闯北,白手起家,成功后用赚来的钱买了一块怀表当传家宝。怀表水晶表壳,黄金表盖,表面缀了钻石和红宝石,莫一南去古董专家那儿估过价,据说价值在二十万以上。莫一南觉得这只怀表最珍贵的并不在于它的价值,而在于它的意义。经过这么多年的时局动荡,太爷爷和爷爷那些烽火硝烟的年代就别提了,就说那年破四旧吧,莫一南的爸爸妈妈,花了多少心思去藏这只怀表,莫一南是亲眼见到过的。为此,莫一南把这只怀表视若生命。想当年,为了这个怀表,他甚至想在莫莉莉之后再超生一个儿子,他可以把传家宝传给儿子,无奈后来莫莉莉她妈不肯配合,这才作罢。

想到这个怀表,莫一南吓出了一头冷汗。他急忙打开写字台抽屉,所幸怀表还在。可莫一南想到他的健忘症会越来越严重,现在小偷又多,小区里已经出过好几起失窃事件,写字台抽屉很不安全,万一怀表被偷,他报案时可能会忘了这只怀表,那可真是没法活了。莫莉莉她妈已经跟他离了,莫莉

莉还在上大学,那么只有靠自己,同他的健忘症做斗争了。莫一南决心,他要像他爸他妈对付破四旧那样对付小偷,然后像对付小偷那样对付自己的健忘症。

莫一南花了很多心思,在家里找了个万无一失的地方,把怀表藏好,并用暗语写了一张纸条,放在写字台的抽屉里。

莫莉莉放暑假回家,莫一南向她夸耀自己万无一失的主意。莫莉莉笑着说,爸,你可别藏得连自己都找不到了哦。莫一南一惊,发现自己真的想不起来把怀表藏在了哪儿了。幸亏还有纸条,他找出纸条,却发现纸条像个天书,自己根本看不懂纸条上写的是什么意思。

从此,莫一南除了健忘症,还患上了唠叨症,他逢人就说他家里有个古董怀表,很值钱的,说得后来有一拨人见了他就躲,另一拨人见了他就探讨古董的事,看了鉴宝节目没? 找到专家鉴定没? 后来莫一南不再唠叨怀表,又开始唠叨旅游了。什么地方可以看山,什么地方可以看水。终于有一天,他拖着大皮箱出了门,他跟所有见到的人打招呼,说要去内蒙古看看大草原。

小偷于凌晨两点零五分进入莫一南家,两点五十分出来。时间之所以掌握得如此精确,是因为莫一南一直掐着表看。他潜伏在楼对面,看着小偷进他家,马上报了警,然后让警察千万不要惊动小偷,直到小偷出了他家大门才一举抓获。

小偷被带到警局,从他身上果然搜出了莫一南的古董怀表。

审讯结束,莫一南说,警察同志,我能问他一句话吗? 警察说,行啊,问吧。

莫一南冲上前,两手紧紧攥住小偷的手臂:你快告诉我,我到底把怀表藏哪儿了? !

最后一张药方

习武镇人人习武，连姑娘家都会几手花拳绣腿，小娃娃也学着舞枪弄棒。却有一人例外，那人就是王小三。王小三是个外乡人，如果没有一手高超的医术和见人先露三分笑的巴结，不习武的王小三是绝无可能在习武镇站稳脚跟的，他跟习武镇的人太不相同了。

习武镇人高大健壮，王小三黑瘦干瘪；习武镇人说话高亢激昂、中气十足，王小三却操一口绵绵软软、叽里咕噜的外乡话。习武镇人崇尚用拳头说话，谁的拳头硬，就服谁。所以王小三越和善客气，越让习武镇的人看不起。不过，习武镇及周边四邻八乡的人离不开王小三，他开的小三药店，专治跌打损伤，远近闻名。那些鼻青脸肿、断胳膊断腿的主儿，在王小三这儿开个药方，推拿敷药十天半个月，又能生龙活虎地出去打打杀杀。所以小三药店每日车马盈门，任他收费低廉，还是挡不住地成了习武镇数得出来的富户之一。

既是富户，就有人上门借钱。在习武镇借钱，靠的是拳脚上的功夫。邻镇的那几个小泼皮，只有几手皮毛功夫，在镇里的其他富户那儿借不到，专找王小三借。每次泼皮一开口，王小三立马把银两奉上，绝无二话。镇上的人气不过，合计着要替王小三出头，刚一露话音，王小三就将一双手摇得跟拨浪鼓似的。邻居们顿时兴味索然，不再管他的闲事。渐渐地，习武镇得健忘症的人多了，拿了药方，敷了药，却忘了带钱，事后还忘了还，王小三也不

计较，下次见面，依旧是一副笑眯眯的模样。

那日凌晨，老街的榨油作坊突然失火，等到大家发现，火舌已吞噬了整个铺面，老板娘抱着她的小女儿困在后厅尖叫，人们越不过火墙，只能提着一桶桶的水泼上去，却于事无补。这时，只听对面小三药店的木门"吱呀"一声，一个瘦小的人影呼地蹿过街面，一个鹞子翻身，灵巧地跃上了临近的屋顶。不等人们回过神来，王小三已手提两人从后厅跃上屋顶，轻松落下……

第二天，药店门外大清早就齐刷刷站着那帮泼皮，他们还钱来了，王小三笑眯眯收下了。他们却还不肯走，跪在地上把头磕得咚咚响，求王小三收他们为徒，王小三决计不肯。

初秋的天气渐渐有了凉意，习武镇来了一个陌生中年男子，一路打听来到小三药店。王小三一见此人，顿时面如死灰。那人并不说话，只伸手在墙上轻轻一按，墙上立刻出现五个深深的指印。王小三也没说话，伸出手，在那指印上轻轻一抹，指印不见了，只看到一块凹进去的墙面。那人面色一沉，扭身就走，绝尘而去。王小三长舒一口气，依旧做他的药店掌柜，脸上的笑意却渐渐地浓了。

转眼又过了两年，一须髯皆白的老者寻到药店，叫一声习武镇人从没听到过的陌生名字。王小三待了半晌，还是应了，走到老者面前，低头说："来吧。"老者在王小三肩膀上重重一拍，然后仰天长笑一声，摇摇晃晃走了。王小三站在那儿，汗如雨下。

王小三从此一病不起。习武镇人络绎不绝地来看他，有血气方刚的，摩拳擦掌要王小三说出老者是谁，他们练好武功帮他寻仇。王小三虚弱地摆着手："是我犯大错在先啊！当时年少轻狂，苟且偷生这些年，足矣。"习武镇人哀哀叹息："以后我们有了伤痛，又去哪里找你这么好的医生啊？！"王小三手指药柜最上一格："那里有一张药方，乃根治一切伤痛之良方，等我走了，你们拿出来看吧。"说完，便溘然长逝。

那张药方，一直被恭恭敬敬地挂在习武镇的祠堂。据说，看过药方的人，从此很少有错筋动骨之伤。

容城名医

容城这地方,依山傍水,却不以山水闻名。

小城出名医。传说历史上容城曾因战乱有过几次瘟疫,一些游方郎中行医到此,喜小城山清水秀,民风淳朴,纷纷落户,时间一长,成了规模。

城里共有大大小小诊所十几家,最出名的当属冯氏和李氏两大诊所,这两家都是医药世家,根底深厚。不过,像康德堂、存寿堂这样的小药店,也有安身立命的妙招,他们会时不时请些外地专治某类疑难杂症的大夫来坐堂问诊,也很受病人的拥戴。

康德堂新来了一名神医,这个消息从容城的东头传到西头也就用了两天的时间。在容城,最有价值的信息永远都别指望在街头报童手里挥舞的报纸上找到,必须得由那些太太、老妈子们现身说法、口口相传,才有人信。

康德堂门前的队伍已经排到了拐角,不得不派伙计维持秩序。神医却不急不躁,稳坐堂中,气定神闲地搭脉问诊,确有大师风范。其实荣城人最稀罕的,还是神医垂到胸前的飘飘长髯,在荣城人心目中,年龄是识别名医的首要标准。

当然,光有胡子也不足以一下子名声远扬,令神医名气大振的第一件事,是治好了南货店张老板久烧不退的小孙子。那宝贝孙子已经烧了一个月,几乎在容城大大小小的诊所都转了一遍,连冯氏诊所的冯老先生都束手无策,而神医把他治愈,仅仅用了三服药。

连吴家公子都来找神医了。他的病十分蹊跷，十四五岁的时候去看了一场夜戏，回来后大病一场，治愈后，整个人有气无力，却不痛不痒，已有好几年了，再高明的大夫也找不出他的病症所在。容城人都说他是撞了鬼了，这病没法治。大家看着吴家公子病歪歪地由家人扶着进了康德堂，主动让开一条道，都想看看这神医怎么给吴家公子看病。神医一如寻常，搭脉开了方子说，回去吧，三天后再来。这样就行了？这事像个谜团，家家都在议论，还分成了两派。力保神医的那一派坚信不疑，说神医如此轻松，必有把握，看着吧，三天后定是药到病除。怀疑派则认为冯李两家的老先生研究了数年都未能治愈的病，哪能让一个外来郎中轻轻松松就能治好呢？整个容城为此吵翻了天。有一家子里分成了两派，争得锅清灶冷都没人做饭了。

三天后，吴家人一干人冲到康德堂，扬言要砸了药店，说吴公子本来还能扶着走几步，吃了药，三天水米不进，身上起了无数透明的疱疹。看热闹的便一边倒，纷纷说：我早知道，哪有这么容易就治好的，这下子神医的牌子是彻底砸烂了。

神医微微一笑，开了方子，说按此服药，三天后再来。事已至此，吴家人也没办法，只好将信将疑回了家，按神医开的方子继续给吴少爷服药。三天后，吴少爷身上的水泡悉数褪尽，脸色慢慢恢复了红润，身体也日渐强壮，乐得吴老爷重金上门酬谢，连连赔罪。从此，神医的名气更响了。

秘密最终是被王老太的小孙子揭破的。那天，王老太带小孙子看病，那小孩正是最顽皮的年纪，一双手闲不住，趁着王老太跟神医正说着病情，一把扯了老先生的胡子。王老太太想制止已经来不及，只看见胡子已被扯下一大撮，把她吓得脸色煞白，定睛一看，那胡子却没连着皮肉。

神医苦笑着把脸上的胡子整个拿了下来。王老太太一惊，这不是陆家的小少爷陆机吗？原来这陆机自小体弱多病，在容城的诊所却总调理不好。后来有远方亲戚来串门，说他们那儿有个名医，医术奇高，可以带陆机去试试。那名医果然了得，没多久就打通了陆机的经脉，陆机的身子一天比一天强健。而且名医见到少年陆机，竟一眼投缘，认定他有行医的天赋，收他为关门弟子。十几年后，名医意外过世，陆机已得真传，一心想着回乡找个诊所治病救人，却屡屡碰壁。因为他实在太年轻，诊所只肯收他打杂，不敢答应让他坐堂行医。只有康德堂的康老先生和他家是世交，经不住他死缠硬磨，试着让他坐了几天堂，竟没一个病人上门。不过几天下来，康老先生发现陆机的医术确实深不可测。无奈之下，出此下策，帮他想了这个法子，陆机因此一夜之间成了美髯公，凭着这胡子，陆机小试身手，就一举成名。

摘了假胡子的陆机还是名医，容城人已对他深信不疑。只是那些在容城大大小小诊所打杂的年轻人，一大半没了踪影，听说都跑到外地粘上假胡子行医去了。后来，有几个还真成了不小的气候。

神鱼

那个胖男人又来了。他把大脸凑过来，我都看得清他鼻尖上粗大的毛孔了，我翻了翻白眼，扭头游开了。

隔着玻璃，我清晰地听到胖子的啧啧赞叹："局长，没办法，这就是您命里有啊。"

我没听到他答话，但我知道他爱听。在这个家待久了，他的喜怒哀乐我不看也能猜到几分。

胖子又说："对了，局长，您知道清水河现在热闹成啥样了吗？"一听清水河这名字，我一下子竖起了耳朵，清水河是我的家。

"自从您被提拔为局长,哎呀,去清水河钓鱼的人,把小河岸挤得密密麻麻。有几个钓鱼高手,啥鱼都钓得上来,快把小河钓个底朝天了,硬是没人钓到过神鱼,连根鱼尾巴都见不着。真是神了!看来这清水河只有这么一条神鱼,就让您钓着了,这不是命中注定要步步高升吗?有这条神鱼保佑,您就等着继续好运不断吧。"

我听到他干咳了一声,厉声说:"你别跟着外面瞎说,影响多不好。"他就是这样,天天板着一副臭脸,很严肃的样子,其实我知道,那都是在别人面前摆的架子。

我第一眼看到他,可不是这样的。把我扯出水面的时候,他笑得嘴都合不拢,不过当他看清楚我的模样,差点把我扔回到河里。如果真把我扔回去就好了,我就可以继续和我的悠游妹妹捉迷藏了。

一开始他们叫我怪鱼,挺嫌弃我的,只是好奇,才把我养在一个大脚盆里。自从他偷偷地到一个算命先生那儿去过后,我不知怎么的就一下子成了神鱼,被放进一个漂亮的鱼缸,摆在他们家客厅最显眼的位置。

女主人把我照顾得一丝不苟。她从来不会忘记给我换上干净的水,那都是特意从清水河运过来的,好让我有家的感觉。她给我喂的鱼虫总是又大又活泼,我在清水河的时候根本吃不到这么好的虫子。有时候她还会把蚯蚓切成一段段的扔进来,一开始,我忍住不去碰它们,尽管它们那粉嫩嫩的颜色还有扭动时散发出来的香气十分吸引我。她奇怪地问:"咦,老公,你说神鱼怎么了,它为什么不爱吃蚯蚓啊,当初你不就是用蚯蚓把它钓上来的吗?"

他踱到鱼缸旁,看了一会儿,就把我看透了,果断地对他老婆说:"继续喂。"我终于抵挡不住诱惑,吃了一段,真是美味无比啊。后来我就吃得心安理得,还吃上了瘾。

女主人显然很高兴,她经常变着花样给我弄吃的。不过我还是不喜欢她。她天天合起手掌站在鱼缸前念念有词,让我颇有压力。我很想对着她大喊:"我可不是什么神鱼,我也没法满足你的要求。"

经常有人站在鱼缸前对我赞不绝口,这些人都是他家的客人。客人走的时候,总会留下些什么,有时候是一个信封,有时候是几个盒子。他们一走,女主人就站到鱼缸前合着手掌嘀咕几句,像是在感谢我。她一脸高兴的样子,一度动摇了我对自己的认知,难道我真是一条神鱼,能帮她实现梦想吗?

后来,他们搬家到了一所很大的叫别墅的房子里,我也跟着搬到了一个更大的鱼缸中,下面放着玲珑的假山石,让我不由得想起了悠游妹妹,如果她也在就好了,我就可以和她一起在假山石里捉迷藏了。这样想着,我就有些闷闷不乐,吃蚯蚓也不觉得香了。

女主人很快发现了我的反常。过了些日子,那胖子来了,提着一个玻璃缸,乐呵呵地说:"这条鱼真是太漂亮了,我一眼就看中了它,不惜一切代价,也要搞来给神鱼做个伴。"

那条锦鲤从此就跟我待在一起。她的身体是通红的,尾巴竟然有七种颜色,头顶则是白的,像戴着一顶俏皮的帽子。一开始我不搭理她,我还是想我的悠游妹妹。不过她天天甩着彩色的尾巴在我面前游来游去,确实很可爱。时间久了,我开始喜欢她,发现和她在假山石边捉迷藏也很有趣。

那天小锦鲤好奇地问我:"他们都说你是神鱼,你真的是神鱼吗?"我忍不住告诉她一个秘密。其实我们这种鱼在清水河到处都是,我们太爷爷的太爷爷传下来一个宝物,是个亮晶晶的钩子,后来我知道那叫鱼钩。我们家族的鱼从出生开始就被一再告诫,除了河底的水草,绝不允许吃任何比这个钩子大的食物。所以好多年了,从来没有人看到过我们家族的鱼离开过水面。"那你呢?"小锦鲤问。"唉……"我羞愧地摆摆头,吐出一串水泡。

一天,我正和小锦鲤卿卿我我,蓦觉胃里一阵空虚,竟然有了饿意。我这才发现,女主人已经好几天没来喂我们吃的,家里也没有客人来送东西了,而他,似乎已经好些天没回家了。

鱼缸里的水越来越混浊,我的鳃里塞满了杂物。我徒劳地张着嘴,却吐不出一颗水泡,这一刻,我真的好想回到我的清水河!

可我,还回得去吗?

小伊梅尔达

不可否认，小伊是个美丽且富有品位的女子。

我和她结识于一次无聊的在职培训，在省城杭州。我们年龄相仿，又住同一个寝室，很快便混得像相识多年的好朋友了。

晚上，我们经常出没于武林广场那一带。那地方商场林立，是逛街的好去处，而小伊，最喜欢做的事就是逛商场。我发现，无论是世界顶级的奢侈品牌还是那些只受小众追捧的个性品牌，小伊都能一眼认出来，并且如数家珍地介绍它们的产地、特色，甚至背后的故事。她说起来眉飞色舞，极富感染力。我总是被她说得心动不已，直到价格标签像冰水一样把我泼醒。

有品位的人总有追求完美的怪癖，小伊就是这样。她试了无数的衣服、鞋子、包包，却不断地发现一些无法忍受的缺陷。所以，走出商场，我们总是两手空空，只买两串豆腐干一路嘻嘻哈哈吃着走回来。

小伊最喜欢的还是鞋子，在鞋子区穿行时她的眼睛就会闪闪发光："女人的品位全在脚上。你知道伊梅尔达吗？她拥有三千多双鞋子，我们来想象一下，她打开鞋柜的那一刻，哇，该多美啊！"

小伊和我说："回去我想辞职，不想在那个破单位待着了，我要开个精品鞋城。"我说："开鞋城当然好啊，可这需要一大笔钱吧，你资金问题怎么解决呢？"

小伊迟疑了一下，小声说："悄悄告诉你一个秘密吧，我爸是 D 城最大的集团公司董事长呢，他会帮我的，呵，资金根本没问题。"

半个月的时间很快就过去了。分别的时候，小伊说："来 D 城的时候，一定要来看我，看我的鞋城。"

半年后，我恰巧到 D 城出差，第一个就想到了小伊。

尽管有了一定的思想准备，当小伊出现在我面前的时候还是吃惊不小。她一改培训时牛仔 T 恤的小清新打扮，全身上下都是顶级名牌。半年时间，小伊的穿着竟然判若两人，看来她真有个有钱的老爸。

小伊说，她的精品鞋城还在规划当中，目前她先在一家女子美容会所兼职："我的客人全是富婆，她们都相当佩服我对品牌的鉴赏力，尤其是鞋子。所以，你信不信，当我的鞋城开起来以后，会马上拥有一批高端客户。"

"对了，去看看我的鞋子吧。"饭后，小伊兴奋地把我塞进她的红色宝马。

在一个漂亮小区崭新的高档住宅内，我看到小伊的品质生活。其中专门有个房间，是小伊的鞋室。靠墙排列着整齐的白色鞋架，上面放着小伊的一百多双漂亮鞋子，看得我眼花缭乱。

"朋友们都叫我小伊梅尔达呢。"她一脸自豪。

回到岛城后，因为忙，后来我一直没跟小伊联系。偶尔想起，就惦着她的精品鞋城梦不知实现没有。

那天，D 城有朋友过来，酒席间，我问起小伊，朋友一脸的惊讶："原来你认识小伊梅尔达呀。你不知道吗？她被抓起来了，非法集资一千多万。"

周末，我特意赶到 D 城的监狱。第三次见到小伊，我不知道该跟她说些什么。她也没说话，一直低着头，直到我结束这次尴尬的探视。

晚上和朋友喝茶，席间有朋友的同学，是法院的法官，他说马小伊这次判得不算重，因为她买的那套房子升值了，变卖了房子汽车后，欠的借款已经还得差不多了。

我说："她不是有个当董事长的爸爸吗？为什么不替她把钱都还了？"

法官一愣，说："喝完茶，我带你们去见见马小伊的爸爸。"

在街角的路灯下，我看到一个头发花白的老人，在秋风瑟瑟中守着一个馄饨摊。

和其他馄饨摊不同的是，除了馄饨，旁边还醒目地放着一个小木头架子，上面是几双漂亮的高跟鞋，在路灯下摆出完美的造型，像来自另一个世界。

法官说："这就是马小伊的爸爸，一直靠摆馄饨摊谋生。现在，他每晚都拿几双鞋子出来卖，攒钱替马小伊还债。"

我特意看了看老人的脚，上面套着一双土黄色的解放鞋。

我已经记不清有多少年，没见过这样的鞋子了。

种满含羞草的院子

那是 2010 年 10 月的最后一天，他回到家乡探望父母。

秋意已浓，阳光照在身上，一种久违的感觉突然如潮水般涌来，甚至涌出了他的眼眶。他觉得，在这个名叫岱山的小县城，太阳似乎离地面特别近，所以，秋天很暖。

县城不大，他带着女友在街上漫无目的地走。女友来自大城市，对小县城的一切充满了好奇。其实县城已经变了许多，高楼矗立在街的两边，人群熙熙攘攘。这不是他想让女朋友了解的家乡。他想了想说，我带你去个安静的地方吧。

所有的巷子都很沉默，只有他们踢踢踏踏的脚步声在里面回荡。女友很兴奋地说,这才是小城的味道。而他的脚步越来越轻快,似乎回到了遥远的少年时代,这是一条多么熟悉的路,路的尽头,是一座带着院子的平房。

推开木门,房屋已垂垂老矣,破败不堪。院子里却很热闹,墙上爬满了绿油油的藤叶,地上放着不少栽花的盆,鲜红蜡黄的美人蕉张扬地艳丽着,粉粉的月季则有些羞答答地半低着头,还有些不知名的小花和蓬勃的杂草给它们做点缀。看得出这些花儿已久无人打理,却透出恰到好处的野性的美。

但他心里还是有点失望的。他指着院子中间,说:"那年我经常坐在那儿看书。"

那年,少年上高一,正是桀骜不驯的年纪。

生活很无趣。爸爸时不时向他大吼大叫,妈妈则天天对着他唠叨,哀叹自己生了个不争气的儿子。

少年觉得,只有舅舅舅妈是喜欢他的。

舅舅家离学校不远,一次放学恰逢下雨,少年便跑到舅舅家躲雨。和舅舅坐在屋檐下看雨点滴在石板上,平等而又随意地聊天。舅妈会端出一盘瓜子,或西瓜,或其他各种各样的水果、食品让他们一边吃一边聊。少年很喜欢这种温馨的感觉,便经常在放学后拐到舅舅家待上个把小时。

院子不大,不过三四户人家。青砖院墙石板地,院墙四周,是各种各样的花。唯有东面的一堆花盆里,没有花,竟全是清一色的含羞草。

最吸引少年的还是舅舅家一橱子的闲书。

傍晚斜阳中的这个寻常院落,经常可以看到少年坐在竹椅上津津有味地看书。

一个女孩的出现,扰乱了少年的心绪。

那个女孩似乎跟少年差不多年纪,每天当少年坐在院子里把书翻到第三四页的时候,就能看到她背着书包走进院子。有时候,她会拿着一个喷水壶出来给那些含羞草浇水。

原来这些草都是她种的。少年好奇地抬头看她,她的眼睛也恰好瞥过来,目光刚一碰撞,她便急急地垂下眼帘,如同那些被触碰的含羞草叶片。

她的眼睛特别透亮,如一泓清泉。少年的心里有个最柔软的地方被触动了,一种麻酥酥的感觉突然就弥漫了全身。

这是一种少年十几年的人生中从未体验过的感觉,他的身上似乎有一注温泉正在汩汩向外冒着热气,点亮了少年内心已经有些沉寂的激情。

每日的四目交错,让少年的心里充满期待,女孩进门前,书页便悄然停留在原处。直到看她进了门,转身进了东面的那间屋子,少年才低下头,继续看他的书。

少年知道女孩的心里一定也有着和他一样的期待。如果某一天少年有事没去舅舅家,第二天他就会从女孩的眸子里看到满眼的思念和重逢的惊喜。

他们通过眼睛传递着快乐的默契。少年甚至不知道她的名字,也从未试图跟她说一句话。在这种默默而温暖的交流中,少年浮躁的心开始渐渐平静,一种美好的情愫使他莫名地觉得自己肩上担负着责任,让他对未来充满了憧憬。

几个月后,少年不再像个小公鸡似的和爸爸针锋相对,也有耐心听妈妈唠叨一阵子了。最吃惊的是他的老师和同学,少年的成绩从班里的倒数第十一下子蹿到了前十名,因为他本来就不笨。

少年的父母对他的舅舅舅妈佩服得五体投地。尤其是妈妈,拉着弟弟的手感激涕零了半天。还有很多家长闻讯前来取经,他们对着舅舅的书橱研究了半天,可里面确实只有小说类的闲书,很多人家都有,平常得很。

暑假的时候,作为奖励,父母带着少年去了一趟北京。

在香山顶上,少年买了一套红叶做的书签,他想等回去的时候送给女孩,她一定会喜欢的。

回来以后,少年却再也没有见过那个女孩。东边的那扇房门,一直紧紧关闭着。少年几次想问问舅舅,终究欲言又止。

那套红叶的书签,少年一直不舍得用,放在抽屉的最里边。

女友有一双清澈的大眼睛,她甜甜地笑着,向往地说:"多美的院子啊,在这里看书,感觉一定超好!"

而他的眼光迷离着,似乎并未听见女友的话,却又似乎听见了,因为他清楚地回答了一句:"是啊,真美,那是一个种满含羞草的院子。"

一个人的夏天

他睁开眼,有一大片阳光透过窗帘铺在地板上。

五点零五分,还是早了。这两个多月,他没上闹钟,却再也没有睡过头的时候。

行李头天晚上已整理好,画夹太大,放不进行李箱,只能另外背在肩上。出门前,他环顾一下屋子,放着画架的那个角落总是最凌乱的,但现在上面空空的,一幅画都没有。茶几上的烟灰缸里有半缸烟头,床前两只拖鞋一东一西相隔了大约一米。他迟疑了一下,还是轻轻带上了门。作为一个单身男人的住所,这个房间算是整洁的。

小区路旁矮矮的冬青树,蒙了一层灰,永远像没睡醒的样子。一个穿白色汗衫的老头在小径上练倒走,他头一低过去了。虽然住了三年,但他基本上不认识那些邻居。倒是幼琳,去年暑假带着佳妮来这儿住了一个月,就都混熟了,进进出出会有很多人跟她们打招呼。

门口的拉面店还没有其他客人,小琴见了他,很惊喜地招呼,说:"孔老师,您可好久没来了呀。"他只是淡淡地应了一声。她又看着行李箱问:"您

要出门啊,是不是回四川? 今年暑假幼琳老师和佳妮不过来住了吗? "

他没回答,一直埋着头吃面。又进来一个客人,小琴赶紧过去招呼。他这才抬起头,呼一口气,扯了两张纸巾擦脸。面汤很热,他又在里面放了很多辣酱,整个脸上都是汗。

飞机起飞后,他既没有看书,也没有听音乐,他什么都不做,只是看着舷窗外的天空。有时候是一些云朵,浮在半空,幻化出各种形状。有时候是一大片云海,明亮洁白,像传说中的天堂。

这是九寨沟重新开放后进入景区的第一个旅行团,只有十来个人。

团里那一家三代五口人是有故事的。老两口这次特意从湖南赶来,与儿子一家团圆。他们一直在聊天,带着劫后余生的欣喜。老人说:"那几天,我们真是一分钟都睡不着啊。"他忍不住回想起那段令他分分秒秒无法入眠的日子,和老人一家一样的过程,却有着截然不同的结果。

"地震的时候,你们三个人在一起吗? "一个男人好奇地问。

"没呢。当时我们都在单位上班,儿子上幼儿园。幸亏幼儿园就在我单位旁边。一地震,我啥都不想,拔腿就往幼儿园跑。"

"孩子一定被吓哭了吧? "

他的心突然就毫无征兆地剧痛起来,有无数枚尖尖的针在刺。他的佳妮,那时也在哭吧,是谁陪在她身边,替她擦眼泪呢? 幼琳吗? 他知道幼琳有多想陪在佳妮身边。但那时幼琳正在上课,她和她的学生们在一起。

小孩的父亲撸起袖子给他们看,上面有四个月牙般细小的印痕:"当时真险啊,我跑到幼儿园,还没来得及跟他们娘儿俩说上话,房子又开始摇了,石灰砂子窸窸窣窣往下掉,我拉着老婆挟起儿子就往外跑。儿子吓得指甲都掐进我肉里,可我一点儿也没觉着痛。"

"够了够了! "他把头埋在两手中间,两只手的骨节卡得喀喀响。"求求你们,不要再说了! "这是他下飞机后说的第一句话,几乎是吼出来的。车里的人全愣了,扭过头看他。然后,是长久的沉默。

是啊,如果那时他在汶川,他一定用最快的速度跑到女儿的教室,用他的手、他的身体,牢牢地护着她,替她挡住落下来的石头砖块。可那时他在哪里呢?一纸聘书,让他来到了遥远的南方。爸爸只要去五年,就可以回来陪佳妮了。而现在,仅仅只过去了三年。每当他想象佳妮被压在废墟下面时的恐惧害怕,心里的痛苦,甚至超过了失去佳妮这个事实。他宁愿女儿在一瞬间就死了,在她还没感觉害怕的时候,也不愿意她一个人被压在那个没有亮光,没有水,没有食物,没有爸爸妈妈的地方。

车窗外的风景像梦那么美。导游介绍说,孔雀海到了。

他背起画夹,来到观景点,这是最好的角度,可以看到一大片水域在阳光下呈现出变幻莫测的色彩。

他把相机递给导游:"帮我们拍个合影好吗?"然后,他从画夹里拿出两幅画像,一左一右靠在他的身边。左边是幼琳,右边是他们的小佳妮。

"我答应过她们,今年夏天一起来九寨,在孔雀海边拍张全家福。"他尽量平静地向导游解释着。然而,却有两串眼泪,不争气地从他的脸上滑落下来,悄无声息地隐没在脚下一丛绿色之中。

像飞一样

对了,岛上有汽车吗?

说这话的时候,我和阿龙正坐在一艘晃晃悠悠的小木船上。去蜈蚣岛的客船每周仅一班,我等不及,让阿龙花钱雇了一条小船。

哪有！阿龙哈哈笑了，本来就没有，现在更不会有了。

毕业这些年，我第一次来到从学生时代就无比向往的海岛。公司欲开发大型荒岛求生项目，需要一个岛，我一下子就想到了老同学阿龙。

阿龙来自舟山群岛，是我们班唯一来自海边的同学。在他的描述中，大大小小的岛屿像玉米粒似的随意撒在海中，而他从小居住的蜈蚣岛，在我们听来十分神秘。那些在海里游泳的各种奇形怪状的鱼们、固定在礁石上吐着舌头的贝类、沙滩上爬得飞快的狡猾的螃蟹、滩涂的泥洞里探头探脑的跳跳鱼，还有岛上高高低低的石屋，出海的渔民，织网的渔姑，渔船拢洋时码头上遍地白花花的鱼和喜气洋洋的人们，这些场景从善于讲故事的阿龙口中吐出来，在我们脑中构筑了一个如梦境一般神奇的世界。

阿龙毕业后，走上了仕途，现在在市里担任着一个不大不小的官职。他还像学生时代那么热情，从接到我电话开始，一直马不停蹄帮我物色岛屿，最后他一拍脑袋说，我怎么没想到呢，你们可以去蜈蚣岛啊。我说拜托，我找的是荒岛，你的蜈蚣岛人丁兴旺，放百八十个人进去活一百年都不成问题，还搞什么求生训练啊。

阿龙说，唉，如今的蜈蚣岛，就一荒岛，你去了就知道了。

船一靠岸，果然看到一片错落有致的石屋建在山上，却不见人烟。阿龙说，岛上的人基本上都迁到大岛上去了，现在只剩下几个老人不愿离开，还住在老屋里，他们的家人每周用客船送些吃的用的过来。

环岛一周，我欣喜异常，这正是我想要的岛。蜈蚣岛岛形狭长，码头是现成的，废弃的房屋集中在东面，正好改造成工作人员的营地。西面有小树林、海滩、礁石、滩涂，可以规划出一片绝佳的荒岛求生场地。说白了，所谓的荒岛求生，无非是那些或有闲，或有钱，既不安于现状，又不想改变现状的人想在日常生活之外寻找些刺激及人生的意义，真正的蛮荒之地并不适合他们，而像蜈蚣岛这样曾经有人居住如今荒芜的岛屿倒能为他们提供一个安全的冒险乐园。

在岛上走了三小时，我快虚脱了，阿龙说，我带你找个地方喝口茶坐一会儿。就这样，我见到了阿优婆。老人七十多岁，头发梳得一丝不乱。我夸她屋子里的那些旧家具、院子里的大瓦缸、木头的水勺饭勺、竹壳的热水瓶……我确实从内心里喜欢这些老东西，怀旧又精致。她很健谈。阿龙给我们当翻译，在方言和普通话之间转来转去，一条小黑狗乖巧地伏在她脚边打瞌睡。阿龙告诉我，阿优婆的儿子在大岛上买了房子，但她死活不肯搬。阿龙指了指脑袋，说阿婆一辈子没出过岛，有点固执，是个老脑筋。儿子带来的新玩意儿全被她扔在一边。媳妇有一次烫了头发来看她，被她狠狠骂了一顿。所以现在儿子媳妇也不大愿意来了。我很惊讶，一辈子没出过岛，我无法想象这样的生活。是的，虽然阿优婆颇为热情，但我感觉得到，她不喜欢我的时装、我的卷发、我的眼影、我的口红。其实我也不怎么喜欢她，不喜欢她的封闭，以及言语中对外部世界的抵触。

紧张的汇报、考察后，老板最后拍了板。然后阿龙帮着我奔波数月，办了一大堆手续之后，我们的荒岛求生营地终于可以规划建设了。我做的第一件事，是联系好登陆艇运了一辆越野车和一辆卡车到岛上，岛虽小，但有一大块腹地，我不能想象没有汽车的陆地，如同我不能想象没有船舶的海洋。几次上岛，我的腿都快走瘸了。

我驾驶越野车在海边疾驶，放下车窗，打开音乐，海风扑面而来。我发现前面有个蹒跚的背影，是阿优婆。我下车，冲着阿优婆连说话加比画，让她坐上我的车，我送她回家，然而她并不搭理我，漠然地转头便走。我开车继续前行，突然有个小黑点从路边冲出来，我一个急刹车，吓出了一身冷汗。是阿优婆的小黑狗，冲着汽车吠叫。

我醒了。没有海，没有阿优婆，我躺在宾馆的床上，远处传来几声狗叫。我再也无法入睡，我不明白，为什么会做那样的梦，但那个蹒跚的背影，让我久久难以忘怀。我想，若我带着一大帮时尚的男男女女，打破这个岛的平静，对于阿优婆这样的老人，会意味着什么？

第二天，我和阿龙来到阿优婆家。我让阿龙当翻译，尽量用简单的语言，把我们在这个岛上想做的事，说给阿优婆听。我想，即使阿优婆不能理解，

让她狠狠地骂我一顿，也能让我的心里好受一些。

然而，阿优婆对我们说的事似乎挺有兴趣，她说，这个活动好啊，海里全是宝，以前最苦的时候，我们岛上也没饿死过人，海里可以钓鱼，海边可以捡海螺，泥涂里有跳跳鱼，小螃蟹。人是饿不死的，就怕你们城里人吃不起苦。

我得寸进尺，邀请阿优婆坐车去参观我们的求生基地。阿龙在一旁摇着头说，阿优婆从来没出过岛，也没见过汽车，她不敢坐的吧。但是阿优婆竟然同意了。她走到汽车前，小心地伸出手，轻轻地抚摸着车身，脸上带着孩童般的好奇。

我驾驶越野车在海边疾驶，放下车窗，打开音乐，海风扑面而来。副驾驶座坐着阿优婆，满脸的皱纹笑成了一朵花，她说：真的很快啊，像飞一样。

坐在飘窗上的小米

"老师，小米的指甲又换颜色了。"

"这次换的什么颜色？"

"紫紫的。"

这让我整个半天一直心神不宁。我决定还是主动出击，把小米叫到了办公室。

以前，每当我看着小米眼睛的时候，会觉得这个世界很单纯。

但现在不了。这个十五岁女孩的眼睛里有很多内容，让我越来越觉得她深不可测。

她安静地站在我的面前，我悄悄瞥一眼她的手，白净纤细的手指干干净净，指甲是健康的淡粉，带着微微的光泽。唯有左手的小指甲被涂成了紫色，而不是前几天看到的玫红。我发现小米时不时地用左手的大拇指摩挲一下紫色的小指甲。

我想起从前，小米站在我面前的时候，会有甜甜的笑容，是我特别喜欢的那种。她的笑容是什么时候开始丢了的呢？

"小米，你父母在家吗？我打算星期六去你家家访。"

小米惊讶地抬头看我，然后郑重地点头："好的！"如果我没看错，我似乎看到她的眼里掠过一丝兴奋。

听说小米的父母是我们学校所有家长中最有钱的，但我从来没见过他们。学期刚开始开过家长会，小米说他们正好有事忙着，请了假。我记得那时候小米还有笑容，小米也还没有染指甲的习惯。

我还能很清楚地记起小米第一次染指甲那天的情形。坐在小米后面的捣蛋鬼王琪峰扯了小米的头发，这本来是一件司空见惯的事，小米却发了火。她一回身便拿起王琪峰的笔袋扔到了窗外。这个突兀的举动，把一教室的人都给镇住了，连王琪峰都没敢吭声。我到教室的时候，小米已平静地坐在自己位置上，看不出任何表情。我蓦然发现她左手的小手指甲竟是黑色的。

小米的家坐落在本市最高档的别墅区。小米迎在门口，脸上挂了淡淡的笑。

尽管我见过不少家长，但从来没有看到雍容华贵、举止得体如小米父母的。小米的父亲高大倜傥，风度儒雅，小米的母亲温柔贤淑、姿态优雅。两人相视一笑的默契，真是令人羡慕。

我们坐下来说话，小米依偎在母亲身边，搂着她的脖子，很亲昵的样子。小米的母亲便抚摸着小米的头发，说："老师，小米从小被宠惯了，还得请您多多关照啊。"

　　参观小米房间的时候,我看到了一个大大的飘窗,坐在上面可以看到窗外的风景,各种奇异的花木,满眼姹紫嫣红,煞是好看。飘窗的一侧一溜放着些五颜六色的小瓶子,是指甲油。

　　最旁边的是一瓶深蓝的,我记得小米涂上这个颜色的时候,撕破了李岚的作业;还有那瓶亮得耀眼的金色,涂这个颜色的那天,小米摔烂了牟青偷偷带到学校的宝贝 MP3……

　　酷热的暑假过去了,小米竟不声不响办完了转学手续,悄无声息地离开了我们学校,谁也不知道她去了哪里。本来想去校部打听,想想还是算了,既然小米这么刻意地不想和我们告别。

　　冬天的气息越来越浓了。那天逛超市,看到一个气质典雅的中年女子,有点眼熟,却是小米的母亲。我上前打招呼,问小米好吗? 她用漂亮的眼睛很茫然地看着我。我说我是小米原来的老师呀,上次来做过家访的。

　　她恍然大悟的样子,尴尬地笑笑,把我拉到超市的角落,说其实我并不是那个女孩的妈妈。

　　我不禁愕然。

　　我所看到的小米父母是本市话剧团的优秀演员,小米雇他们来演了两小时的戏。

　　"其实这个女孩怪可怜的,我碰到过她家的钟点工,她说不知为什么现在这么大的家就只住着女孩子一个人。"

　　我突然想到那个大大的飘窗,想象着小米坐在上面细细地涂着指甲油。窗外,树影婆娑,望出去是一大片如墨的夜色。

不一样的砝码

　　他把合同递给她，她看都没看就龙飞凤舞地签上了自己的名字。

　　她没看，是出于对他的信任。这份合同从头到尾都是他一手办理的，考察时她没空，谈判的时候她又正好有急事。当然，他随时都会向她汇报进展情况，她对整个过程了若指掌。

　　她是一个精明的商人，他是她最得力的助手，他做的事，从未出过大的差错。

　　偏偏这次就出了差错。合同上有个致命的缺陷，让她的公司一夜之间损失了一大笔钱。与其说这是一次弱智的失误，更像是一个刻意挖下的陷阱。公司上下都议论纷纷，认为这是他跟对方串通的结果，只有她绝不相信。

　　不过她已经没法向别人证实她的判断正确与否，因为在她遭受巨创的同时，他也人间蒸发了。她仍然坚持他不是故意的，只是因为愧疚，才无奈离开。因此她不肯报案，也不愿请律师。

　　都说这个女人如此轻信，真是昏了头。本来这笔损失也算不上什么，但恰逢经济危机迅疾来临，她怕是很难东山再起了。

　　可她命中注定有贵人相助。就在她的公司岌岌可危的时候，有个人伸出了援手。他也是商界名人，青年才俊，圈子里少有的侠骨义胆，手里又正好有一笔游资。

因为合作,他们有机会经常坐在一起,一人一杯蓝山,谈政策导向、谈经济指数、谈地域差异、谈人才培养,总有说不完的话。她不得不承认,男人在抽象思维上确实比自己更胜一筹,在他身上,她学到了很多东西。

只有一次,说到用人机制,他拿她的那次滑铁卢来举例,指出她在决策机制上的漏洞,她装作心悦诚服地听着,不时点一下头,其实她心里明白,那只是一次例外,跟公司的制度完全无关。

她的公司渐渐恢复了元气,他和她也成了一对恋人。

她的婚礼高朋满座,热闹豪华。她穿着婚纱,脸上全是幸福满足的笑容,是的,她现在什么都不缺了。她的事业,因为这次联姻如虎添翼,温暖的家有了,优秀的丈夫也有了,可爱的孩子也会有的。作为一个女人,她已经没有任何缺憾了。

出现第一张汇款单的时候,她正好为儿子过完五周岁生日。汇单的金额对她来说绝不算大,陌生的汇款地,陌生的汇款人,那会是谁呢? 她想了好久,没有答案。

等到第五张汇款单飘然而至的时候,她突然想到了那个人,那个已经被她遗忘了好久的人。

她完美的生活被这些薄薄的纸片切出了一个个缺口,她害怕看到它们,她一张也没去取。那些退回去的金额又会加入下一张汇款单锲而不舍地飞到她手上。积在手上的汇款单越来越多,她的笑容却越来越少。

她得了抑郁症。心理医生说解铃还须系铃人,建议她找到那个汇款人。她跟丈夫像以前一样,面对面坐着,一人一杯蓝山。尽管她觉得很难开口,但再不说,那些汇款单就会变成一座山,把她压垮。

合同上的陷阱是她自己挖的,对方公司被一笔钱诱惑,成了她的配角,帮她演了一出戏。而她,只是为了把他从身边赶跑。虽然他曾经是她最信任的助手,但却犯了一个致命的错误,他不该那么执着地爱上她,爱得覆水难收。她是一个精明的商人,她有自己的天平,她绝不允许这架天平倾斜。

她成功了。他认为自己犯了大错,再也无颜面对她,黯然离去。她没料到的是，经济危机呼啸而至，她差点为了这次任性的计划意外翻船。但冒险下的赌注让她意外地赢了大奖，眼前如此优秀的丈夫，本来就是她理想的人生目标之一。

其实，她完美的计划也有一处落空，让她心里一直不安，像硌了一块石头。他坚决拒绝了对方公司给他的一大笔钱，这是她特别交代的，却因为他的不配合，而无法完成。

"我以为，给他一笔钱，我就不欠他了。没想到，他却一直觉得，是他欠了我。"她哽咽着说。

"你当然无法理解，因为你们俩的天平上，用的是不一样的砝码。"她的丈夫沉吟了许久，这么评论道。

风中有朵雨做的云

手机铃声响起的时候，小耐正踢着腿不肯穿长裤。孟瑶一边拿眼睛使劲瞪小耐，一边接电话。电话那头一个男人打着哈哈让孟瑶猜猜他是谁，孟瑶硬声硬气地说："没那闲工夫！"就按了。

手机愣愣地沉默了好一会儿，才重新响起来，那时候小耐刚套上一个裤腿。孟瑶一看墙上的钟，如果二十分钟内不把小家伙搞定送到幼儿园，自己又得迟到。迟到代表着遭白眼、扣奖金，对白眼她早已麻木，奖金却万万扣不得。

毕业十多年,孟瑶觉得自己一直没有舒心地喘过气。找工作、找房子、结婚、生儿子、离婚、换工作……一件接着一件的事,哪件都不让孟瑶省心。

孟瑶用风的速度冲到公司,打完卡,坐到办公桌前,心跳才慢慢平缓下来。刚上班这段时间是可怜的喘息期,过一会儿,业务电话、报表、文件就会让孟瑶手脚并用,成为一台狼狈的工作机器。

孟瑶从包里拿出手机,一看未接来电五个,都是同一个号码,打过去,却是久未联系的大学同学肖远。肖远在那头大吼:"好你个孟瑶!越来越拽了你!"

这句话让孟瑶忆起遥远的大学时代,那时候孟瑶确实很拽,是年轻气盛骄傲的拽,哪像现在,只剩下生活层层重压之下的气急败坏。

肖远是当年的班长,正在组织同学会,时间是"十一"长假。孟瑶说好啊好啊,到时候当面向你赔罪好了。

这个电话让孟瑶的心情一下子好了,甚至还轻轻哼了几句"风中有朵雨做的云"。想当年,孟瑶清丽的歌喉绝对是大学舞台上最靓的风景,连同城其他大学的学生都知道他们学校有个小孟庭苇。现在这种感觉已经找不到了,偶尔公司组织一次卡拉OK,孟瑶唱得再好,也不如经理那破鸭嗓子赢得的掌声和欢呼声多。

随着日期临近,肖远来电的频率越来越高,同学会的轮廓渐渐清晰起来。"第一天上午是再聚首座谈会,每人做一下自我介绍。告诉你一个秘密,据说有些人的变化,可以用翻天覆地来形容。"肖远在电话那头哈哈大笑,"下午怀旧之旅,到校园走走,去老教室坐坐,请老师来上一堂课。晚上是群星闪烁,在学校的老礼堂举行一次隆重的文艺晚会,每个同学都争取上台表演节目。你的节目排在压轴,一定要好好准备,重现当年风采!第二天是一醉方休,从中午一直喝到晚上。"肖远还在滔滔不绝,孟瑶一下子想到了一个重要的问题:"那……费用要交多少?"

"一分钱都不用交,歪瓜裂枣说了,全部吃住费用由他们联袂包了。"肖远说的歪瓜裂枣是四个人名字的谐音,当年在班里,他们是四大怪,一个最不听话,一个经常闯祸,一个成绩最差,藻是女的,以打扮妖里妖气而闻名。

一个刻薄的老师私下里给他们取了这个绰号,沿用至今。"现在他们可了不得,不是老板就是总裁,藻是某境外公司驻中国总代理,听说她还是穿得妖里妖气的,不过时尚界盛赞她的着装很潮有个性。"

很多同学都打来电话,他们说,"孟瑶,你的声音还像当年那么好听,很期待重温你的歌声。"她就天天晚上在镜子前练歌,她练歌的时候,小耐特别乖,歪着头说:"妈妈你唱歌真好听。"孟瑶觉得生活里一下子挤进来很多阳光,亮亮的,温暖着她的心。

孟瑶想了想,如果不交任何费用,来回的火车票算不上一笔很大的支出,那就去吧。火车票订好,小耐托付给了朋友,那几首老歌也练得很娴熟了。可是穿什么去参加同学会呢? 孟瑶突然被难住了,她翻遍了衣橱,竟然找不到一件合适的。

孟瑶到银妆百货买衣服,多年来,她已经习惯在单位附近的服装市场闹哄哄地还价,基本上不去这种大商场,里面太空旷,让她很不自在。漂亮衣服当然很多,但最后她一件都没买成,因为那些价格标签总让她联想起小耐的牛奶、小耐的玩具、小耐的钢琴课……

最后孟瑶还是在自己的衣橱里指定了一件衣服,虽然孟觉得这件衣服并不能代表她。她是有梦想的,但那件衣服却代表了一种无奈的现实。

孟瑶遗憾地告诉肖远,自己有急事无法准时到达了,但她一定会在晚会前赶到,为大家演唱《风中有朵雨做的云》。孟瑶不想参加座谈会,自我介绍的时候,她的语言一定会像那件衣服一样,暗淡贫乏。但她确信,她的歌声可以照亮她的灵魂,从而也照亮台上那个真正的她。演出服也找好了,她结婚时穿的连衣裙,紫红色金丝绒,胸口点缀着亮片,在聚光灯下,会闪烁的吧。

孟瑶磨磨蹭蹭挨到晚上,才到学校,夜色中的礼堂灯火闪亮,台上肖远正在主持节目,他说先预告一下,本台晚会的压轴节目将由大明星孟庭苇为大家演唱《风中有朵雨做的云》。台下有人叫大明星人呢,怎么还没来? 肖远说大腕嘛,总得要个大牌,你们就翘首期盼着吧。

孟瑶笑了。她愉快地朝前走,甚至想好了怎么和大家打招呼,就说本大

腕已提前到了。可是在行进的途中,她突然看到一件礼服,台上女主持人身上的礼服,如此华美高贵,她只在电视里见过。

像突然被一颗子弹击中,她垂下了头。她和她紫红色的金丝绒裙子一起窘迫地站在那里,还需要唱吗?风中有朵雨做的云,那朵沉甸甸的云已经变成了雨,一滴滴落在现实的泥土里,落在孟瑶的脸上。

上锁的抽屉

那年,我们仨在蚂蚁岛的电信所工作,人称"铁三角"。

岛上真的很无聊,仅有的一条老街,五分钟能走两个来回,一到晚上,就只剩下带着海腥味的风,在街弄和海滩间游来逛去。幸好,我们拥有珍贵的友谊,邱明、阿发和我,愣是把单调的日子过成了万花筒。

邱明是本地人,家在不远的小街上。可他也和我们一起挤在集体宿舍,一周回一次家,说这样才算真哥们儿。我们甚至约好谁也不许擅自找女朋友,要找就同时找,继续把"铁三角"巩固成牢不可破的"铁六角"。

当然这只是一种理想,除了粮站的小芳,再也找不出第二个能让我们仨都看得上的姑娘。为了友谊,我们发誓谁都不去找小芳。

我和阿发大约半个月回一次家,邱明总是恋恋不舍地把我们送到码头,送上摇摇晃晃的小船。我们站在船头,看着孤独的邱明慢慢地变小、变小,直到成为一个小黑点。阿发说,我们还是一个月回一趟家吧,我们走了,邱明多寂寞啊。

于是，我们就延长了回家的周期。碰到周末，我们一起去海边钓鱼，然后到邱明家，让邱明妈烧给我们吃。

我们一直甘之如饴地享受着我们视若珍宝的友谊，直到某一天，邱明的抽屉上多了一样东西。

在宿舍，我们每人拥有一张写字台，写字台有抽屉，抽屉没有锁，我们都觉得这是理所当然的。我的抽屉里放着几副扑克牌、一本翻过几页的书、几张白纸，还有上次在海边捡到的几个鹦鹉螺，我想他们的抽屉里无非也是差不多的玩意儿。

像我们这样的铁哥们之间难道还有秘密吗？

那天阿发偷偷问我：你有没有发现邱明有些不对劲？这是他第一次故意避开邱明跟我说话。我吓了一跳：邱明怎么了？阿发讪讪地说：我猜他跟小芳谈恋爱了。

我知道阿发是我们三人中最喜欢小芳的，每次看到小芳时，他的眼睛最亮。邱明和我老拿这事跟阿发开玩笑，不过阿发一直恪守着我们的约定，从来没有向小芳发射过爱的信号。

我说不会吧，我们三个不是天天泡在一起吗？阿发涨红了脸，你难道没看到我们这次从家里回来，他的抽屉上了锁啊，肯定是放情书用的。

回到宿舍，我发现邱明的抽屉上果然多了一把崭新的锁。

吃完饭，邱明说了声有事先走了。我回到宿舍的时候，邱明正在锁抽屉，看到我，神情有些慌张。

好像真有猫腻。但我还是持怀疑态度，小芳是个心气儿很高的姑娘，她会看上邱明？

周末回家碰到姑父，让他数落了一顿。姑父在县委办工作，是家族里最大的官了，在小辈中，他最看好我。这次县级优秀团员名单里没有我，让他很失望。他说今年正好团委换届，对这次评选非常重视，要大张旗鼓地宣传，县里开表彰大会，县长亲自颁奖，还要拍电视片，在县电视台播放。

多好的机会啊！姑父摇着头，你不是说今年准是你吗？怎么就没了呢？

说实话，我们仨的工作都不错，每次评先进，我们都是你推我让的，去年阿发评了个先进，今年推选优秀团员，邱明非让我先上。没想到名单下来，邱明跃然榜上。

所长找我谈话，说考虑到我今年年初业务上出过差错，他和副所长商量了一下，就先推了邱明，让我明年再争取。

回到宿舍，我越想越蹊跷，出差错的事连我自己都忘了，领导竟然还记着。我的眼睛不由自主地盯着那个上了锁的抽屉，我寻思这里面压根不是什么情书，怕是个笔记本，把我平时犯的错一笔一笔都记着呢。

邱明没几天就把锁给拆了，但我看见那个抽屉还是别扭，阿发也是。没多久我调离了蚂蚁岛，终于不用天天看见那个抽屉了，但我却常常会想起它上了锁的样子。

六年以后，我调动了工作岗位，在一次会议上，竟然和邱明、阿发不期而遇。饭后，我们仨转战到一小饭馆继续喝酒，说着说着，就说到了当年的那个抽屉，阿发问邱明，那个抽屉里锁的到底是什么？

邱明愣了愣，说，当年我不是最矮吗？我妈怕我不长个儿，不知从哪儿搞来增高的药非要我吃，我怕被你们笑话，就……就把抽屉锁上了。我们俩惋惜地摇着头，唉，都怪你那把锁，不然……

邱明坏坏地笑了，其实，这抽屉锁不锁都没有关系。他指了指阿发，我可发现过你写给小芳的情书，就藏在那个枕头套里。

阿发的脸一下子涨得像块红布。

邱明又指了一下我，还有你……

我觉得我的脸呼一下烧了起来，连忙举起酒杯，说旧事莫提，旧事莫提，还是喝酒吧，为咱们铁三角重聚，干了！

第二辑
散文随笔

　　花开花落,云卷云舒,看似相同的每一天,却在不经意间孕育着不一样的结局。若在寂寞如风的日子,尚能记起有一抹亮色闪耀,寒冷的冬天,还能感受到明媚的春光在不远处期待,那人生还有何悲何苦能让你畏惧不前?

拈一朵微笑的花

　　隐约听到过一个女声在婉约地唱："拈朵微笑的花，想一番人世变幻。"初听时年少，以为花开便是微笑。再听时已沧桑，方才明白，花非花，笑非笑，能拈到的，只是一种心境罢了。

　　音乐如流水一般，流过来，又流走了。想让它停留在某一瞬间的时候，我按下暂停键，耳边一片沉寂。其实光阴，也和音乐一样，唯一不同的是，它没有暂停键可按。光阴只会永不停歇地如水流逝。有时候我们并不喜欢某一段流水的声音，我们困惑、焦躁、痛苦，我们想捂住耳朵，想切断流水……但这一切都是徒劳，它永不停歇，动听的那一段，会流过去，不动听的那一段，终究也会渐渐远离。

　　那么，不如放下心情，摘几叶翠翠的绿，或几片粉粉的花瓣，给流水增添几点跳动的色彩。或者，什么都不用做，只需静静等待，低沉喑哑终究会过去，不知不觉间风轻云淡，那悦耳轻快的声音，不正是来自那永不停歇的流水吗？这一刹那，或许，就能看见一朵花的微笑了！

　　小时候丢失的一支笔，少年时一次考砸的记忆，长大后淡淡的离愁，甚至脸上长出的一颗小痘痘，都曾经让我们烦恼不已，以为这就是人生的种种不如意。乃至长大，遭遇了更多，也许是疾病、是变故、是阴谋，或者是永远的别离，如此痛彻心扉、刻骨难忘！此刻才悟到昔时少年不识愁滋味的轻飘,那些本该笑意浓浓、无忧无虑的岁月,已在不珍惜中被抛在身后,永不回转。人生的许多喟叹,总是在回忆中开局,认为此时更不如彼时。殊不知,在不知不觉中,丢失了此刻正开放着的那朵花,也许,它正是那朵会微笑的花儿。

据禅书记载,佛祖释迦牟尼在灵山会上拈花示众,沉默不语,众人皆迷惑不已,不知其意,却见大迦叶尊者开颜微笑。人生的智慧和彻悟,便在这拈花一笑之间绽放。

花开花落,云卷云舒,看似相同的每一天,却在不经意间孕育着不一样的结局。若在寂寞如风的日子,尚能记起有一抹亮色闪耀,寒冷的冬天,还能感受到明媚的春光在不远处期待,那人生还有何悲何苦能让你畏惧不前?只需轻轻地、轻轻地随手一拈,花儿,便会在你指尖绽放——那会是无比美丽的、微笑的容颜。

爱的森林

整理书橱的时候,总会看到那套书,一套再版的《数理化自学丛书》,已经泛黄,共有十七本。这么多年,这套书一直牢牢地占据着我书橱里宝贵的位置。这其实是一件十分匪夷所思的事情,我从来没有喜欢过数理化,说实话,这套书中的大部分书页我连手指头都不曾触碰一下,但我一直不舍得把它们从书橱里撤下,这是父亲当年千方百计买来的,只因为这套书很紧俏,

很多人视若珍宝，他觉得对我是有用的，尽管当时我还小，根本看不懂。

这样看来，父亲当年对我还是有所期望的，虽然我一直没有感觉到。但我终究还是辜负了他，从小到大，我的数理化从来就没有考好过。回想一下，当年的我，在学业上从未给过父亲任何荣耀，而他，除了默默地接受这个事实，还对我做了恰如其分的判断，并及时为我的将来做好了铺垫。在我还在上高三尚未参加高考之时，他已经自作主张替我在广播电视大学报了名，付了费，他已经预见我难以跨进大学的校门。结果果然不出他所料，由于他的先见之明，三年后我一边工作一边拿到了大专毕业文凭，比我所有落榜的同学都早了一步。

父亲曾经当过一段时间的领导，在我还很小的时候，他担任着县里最大的百货公司的副经理，但他似乎并不喜欢当领导。父亲是一个没有任何权力欲望的人，后来他调到机关工作，一直很安心地当着他的小职员，并试图让所有人都相信他是没任何权力的，他推托了所有送上门来的礼物，也因此得罪了不少的亲戚。

在我的印象中，父亲极少与朋友往来，基本上不外出应酬，每天很安心地在家里做买汰烧的事情。他热衷于做各种各样的包子，偶尔还会买来黏乎乎的陈糖，做些花生糖、芝麻糖之类的美食，让我们单调的三人世界因为这些做着的过程和吃着的享受而变得十分丰富。大约二年级的时候，我迷恋上了学校门口小摊上卖的薄薄的鸡蛋饼，这让父亲很不服气，他不知从哪里借了一个带印花模的饼锅，大张旗鼓地做了很多。母亲是个小学低年级段的教师，认真忙碌，那些叽叽喳喳的小毛孩几乎占据了她所有的时间。那时候没有电话，学校离家又近，常常是父亲烧完饭菜后，我到学校把尚在批改作业的母亲大人请回家吃饭。我印象很深刻的是有一次父亲竟然破天荒没有按时回家，我四处找他，后来才知道他去参加一个会议并被留下来吃饭。我现在还清楚地记得当时我的着急心慌，可见父亲下班没按时回家这种情况是多么的少见。

很多矛盾的性格在父亲的身上奇妙地统一。他似乎讷于言辞，但又直言不讳;他看上去严肃正统,其实极富童心玩趣;他不喜交往,却有很好的人缘;他温和地安于家务事,却又带点武断的大男子主义……我后来有幸同几位曾与父亲共事的人成为同事,他们跟我说起父亲的几桩轶事,让我忍俊不禁,有一次父亲出门前只找到一个袜子,就换了双袜子去上班,上班的时候,他竟然从袖口里抽出一个袜子。还有一次单位院子里停了一辆三轮车,他因从来没骑过,好奇地上去骑,却怎么也骑不好,在那儿满头大汗地折腾了半天,一副不把它驯服誓不罢休的架势。那时候他应该快六十岁了,却依然是个老顽童的做派。还有一个同事跟我说,有一次开会的时候他发现我父亲一直在玩茶杯,而且玩得很有趣。怎么个有趣法我忘了,但那个同事说起来的时候一直忍不住地笑,可见确实非常有趣。

父亲是很疼我的,但他从不用语言表达感情,其实我很像他,我从来没有明白表达过情感,无论对母亲,还是对已离去三年多的他。我去年开始写作后,只写虚构的小说,很少写散文,因为我不愿用文字去触碰这些内心深处特别柔软的情感。

父亲并不严厉,我和他平等地聊天,随意地开玩笑,这让到我家做客的朋友们羡慕不已。我们那一代的很多父亲都保持着很严厉的家长作风,在子女面前不苟言笑,父亲是个例外。但父亲和我一直没有父女亲昵的表达,一直到很多年以后,在医院的病床前,我握住他的手,他也紧紧攥住了我的手。从我开始记事起,我们好像从来没有这样亲近地、长时间地握过手,而当我们终于感受到对方掌心的温暖,父亲已经不会说话了,他躺在床上,刚从死亡线上被抢救回来。

我记忆中有几个比较完整的温馨的镜头,在我十多岁时的夏天,每天吃过晚饭,父亲会用自行车带着我去兜风,从县城的东头骑到西头,再骑回来。父亲跟我相差了整整四十岁,那时候他已经五十多岁了,他的体型有些胖,又怕热,现在想起来当我坐在自行车后座享受凉爽的夜风吹拂的时候,他该是大汗淋漓的,但那时的我竟然没有注意到。另一个镜头是我和他一起去钓鱼,那时候我已经工作了,不知怎么的父亲迷恋上了钓鱼,我们经常在周

末去找水库河沟垂钓，一人拿一根钓竿，带一把小凳子。他其实没有钓鱼的技巧和经验，我更没有，所以我们常常出去一天没有任何收获。有一次母亲跟我们一起出去，并帮我们拍了照片，他穿着蓝白相间的毛衣，我穿着很张扬的红衣黑裙，一对很奇妙的垂钓组合，我们的乐趣不仅仅在鱼，所以即使在没有任何收获的日子，我们也很快乐！

父亲因中风躺在医院的一年间，因为他一次一次的脑梗死，我必须经常大声地叫他，看他是否对外界还有反应，这大概是我这一生中大声地叫"爸爸"叫得最多的一段时间。其间父亲曾经慢慢地好转过，他能坐起来吃我喂他的粥，还能吃他最喜爱的杨梅，他会像个小孩子一样说一些莫名其妙含糊不清的话，我常常因为他的这些话大笑不止，现在想起来那些时光其实也很快乐。有一段时间父亲神志不清且脾气暴躁，他大声地辱骂照顾他的护工，甚至辱骂每天在病榻前陪伴他的母亲，唯独从来没有骂过我。我待得时间长一点，他就对我说"回去，回去"。而我对父亲，是有愧疚的，在他后来再一次陷入沉默以后，我每天的探望变得潦草，我习惯了他以沉默的状态存在，习惯了他空洞地睁着眼睛，打着呵欠，我相信他已经没有意识，相信他的世界没有了喜怒哀乐。坐在他的床边，我还是会拉着他的手，但我的另一只手翻动着书页，我经常把我的注意力放在书里的虚幻世界。

父亲生病的时候我还是尽了一点孝心的，护工有事休息的时候，我单独陪护过他一些日日夜夜，我很自然地帮他清洗身体，擦干净那些排泄出来的秽物，而在此之前，我认为自己是不可能做这些事的，我一向不会做事，又怕脏。但血缘真是很奇妙，它把我改变得一点不露痕迹。他离去的时候，我给他擦洗渐渐冷却的躯体。因为我的爷爷奶奶外公外婆都在我出生前已经离去，所以这是我第一次近距离接触死亡，可我没有丝毫的害怕，好像给亡者擦拭身体这件事，我一直都会做。

这世界是轮回的，我的父亲，他曾经喜悦地目睹我赤裸裸地来到这世界，而我，只能悲伤地看着他赤裸裸地离去。

父亲去后，在他的抽屉里找到一封信，大意是他死后不要一切仪式，不要开追悼会，不要做七，我们可以把他的骨灰撒在大海或埋在树下。父亲固然向来我行我素，藐视所有的繁文缛节和世俗的人情练达。但我知道，他留下这封信更多的想法，是想为我和母亲减轻负担。

父亲逝去已经三年多了，我从来没有用任何语言和文字向别人描述过我对他的感情。当年母亲要我在父亲的追悼会上写一份悼词，我激烈地拒绝，笔墨太浅，我根本无法去描述他，这个给予我生命，这个世界上最爱我的男人。最后还是写了，一份很平淡的悼词，没有强烈的情感。我说过，我不擅长表达内心的情感，如同我的父亲一样。他从来没对我们说过一句爱，却把深厚的情感，装在一封什么都不要的冷冰冰的信里。

昨天开车路过闹市，到处是嘈杂的人流和林立的高楼。我看到商家的一条横幅，是父亲节的广告，突然间，我泪雨滂沱。有人说父爱如山，有人说父爱像海，而我说父爱如同一片森林，我的血脉里有父亲遗留给我的豁达、善良、正直，也有他遗留给我的自我、淡漠和固执，那是从我的生命开始孕育后，他种下的一棵棵树。这片森林，是我的绿荫，也是我的宿命。

禅是一座岛

公元 916 年，一位名叫慧锷的日本僧人，手捧一尊观音佛像，站在东海洋面的一座小岛上，茫然四顾，一筹莫展。在眼前这个被称为莲花洋的海面上，他的船已经足足徘徊了三天。第一天突然而至的大风，第二天瞬息笼罩

的浓雾,乃至第三天洋面上出现的无数铁莲花,令人匪夷所思地阻碍着他日夜兼程的回乡行程。无奈中,他只能遵从佛意,弃船登岸。

这本是一次无比郑重的航行!庄严肃穆的五台山、高深玄妙的佛法、智慧豁达的高僧……让远渡重洋慕名来中土学习佛法的慧锷深深折服。最后,他把所有对中土佛教的景仰,都寄托在手中那尊端庄曼妙的观音佛像中,他要把观音请回日本,去普度日本的芸芸众生。

然而,观音不肯去!

慧锷从起初的惊讶,随后的迷茫,直至最后如醍醐灌顶般幡然醒悟。从此,岛上有了一座小小的寺院,名曰不肯去观音院。

这是观自在菩萨在普陀山的第一个故事,这个故事开启了普陀山的佛门,也把观音的传奇推向了极致。风隔雾阻许是巧合,但洋面上的铁莲花,是确凿无误的神迹。普陀山的香火就这样一天天地旺起来,又衍生了许多故事,口口相传。一千多年后的今天,普陀山以观世音道场远近闻名。岛上林木葱茏,寺院林立,佛音袅袅,来岛上朝拜的香客长年络绎不绝。

而这一切,都源于观音菩萨当年的不肯去。

很多次,我行走在普陀山幽静曲折的石径上。若是晴天,两边有树木蔽日,人行走在树荫之中,而远处的山峦则是翡绿明丽的,时见黄墙青瓦掩映,显眼处檐牙高啄。若是雨天,一把伞阻隔了人与天空的交流,也遮蔽了远方的视线,但偶有木鱼与诵经声传入耳郭,空气中似飘浮着淡淡的檀香气息。我发现,无论刚从纷繁的生活还是烦恼的工作中脱身,只要来到这个岛上,心就会渐渐从纷纷扰扰的现实中剥离,而慢慢归于平静。

普陀山是有气场的。

这种气场,来自于普陀山独特的地理位置。北纬30度,普陀山正是处于这个地球最神秘的纬度上。这条纬度附近有神秘的玛雅人遗址、百慕大三角、埃及金字塔、珠穆朗玛峰……许多人类难以解释的谜团都集中在这条纬线上。这也许可以作为观音菩萨当年偏偏选择此处落脚的解释。世间有多少个地方,就会有多少座庙宇,但唯有普陀山这个海中的小岛,历经沉淀,成为著名的观音道场、全国四大佛教名山之一。

这种气场，还来自于每一个来山朝拜的善男信女和游客们。上岛的人们，无论是不是信奉佛教，来到这传说中无比灵验的佛的领地，心中或多或少会怀着企盼和感恩之意。这些意念是积极的，即便是已陷入悲苦境地的人，只要来到这个小岛，心里总还存着一丝微弱的希望。这么多美好的信念和愿望从四面八方涌入这个小岛，势必幻化为飘浮在普陀山上空的祥云。

我有几个朋友，早年曾在岛上工作。虽然普陀山风光秀丽，游人如织，但毕竟是佛门净地，没有娱乐狂欢，只有暮鼓晨钟，显得过于冷清。那时他们都还年轻，从热闹的地方乍来到岛上，很难适应。特别是黄昏以后，岛上渐渐没入沉寂，孤独得令人难以忍受。但没多久，他们渐渐地适应并开始享受这样的孤独。这样空灵的环境之下，人的心灵会自然变得安宁，然后在安宁中思考和感悟，及至灵魂深处渐渐充盈。这让他们习惯了平和理性地思考问题，在后来的工作生活中，颇多受益。多年以后，再说起那个岛屿，他们充满感激。不可否认，这是一种心灵的修行，在某些时刻，或许已经接近了传说中的禅意。

我承认，尽管我离普陀山那么近，尽管我对佛充满敬意，但我并没有成为一个虔诚的佛教信徒。在我看来，皈依一种信仰，并非单单只是点一支清香行使某种仪式，或在一些特殊的日子前往佛地顶礼膜拜那么简单，皈依信仰应是一种自觉而又彻底的自我约束。佛教的教义简洁地归结到一个字，就是戒，戒贪、戒嗔、戒痴。而我扪心自忖，这三点均难企及。贪生贪名贪利贪爱……如今的世界，看似规则重重，但人心深处，却是禁忌太少，欲望过多。人们在世俗的磨砺中渐渐迷失自己，而嗔怨和愚痴，更让人妄自菲薄。我虽然时时在心底提醒自己常存一份清醒，但事实上，在物欲横流的世界，自省，仍不能免俗。我不敢口称皈依，却以一颗不那么纯粹的私心，在佛前祈求那些俗世的福报。

那么还是先学会感悟和修行。

禅是一座岛。当年观自在菩萨的不肯去，成就了这座岛。如今，何不去

看看普陀山,感受佛法无边,感受那些平和、智慧和喜悦,让心灵开始一场回归本真的旅行。

禅是什么? 参透人生,便是禅!

吧嗒一声,碎了

今日得了点闲,看到桌上的咖啡壶,咖渍点点,觉得颇不顺眼,便起身到盥洗室为它仔细做了一次水疗,直到它光鲜亮丽得如同新置,才心满意足捧着它往回走。结果,当然是这样的"吧嗒"一声,里面的玻璃壶应声而落,碎了!

完全符合"墨菲法则":如果一件事可能被弄糟,那就一定会弄糟。

咖啡壶是从家里带到单位的,只为偶尔需咬文嚼字冥思苦想时做提神醒脑之用。平日忙碌时,煮完咖啡只冲洗干净里面的漏斗和玻璃壶就算了事,从未认真地清洗过壶身,任它污渍斑斑缩在桌角,倒是天天安然无事。偏偏在我心血来潮地用心呵护它之日,却在我面前做玉碎状,真令我哭笑不得。

其实再正常不过了,这个世界常常这样,每当人们兴高采烈、踌躇满志、春风得意之时,往往会猝不及防地听到"吧嗒"一声,那么突然,来不及做好任何思想准备,就从峰顶坐过山车般直接到了谷底。怪不得中国有乐极生悲之古训,外国有墨菲法则之忠告。可见古今中外,老天爷也好,上帝也罢,不可能让人类一直处在春风得意之中。

想明白了,那就悠着点吧,有了什么好事,要清楚这并不是理所当然该得的,常怀感恩之心,能分享则分享;遇上坏事,也别怨天尤人,古人云:不如意事常八九,摊上你了,该承受的还是得承受。

刚好看到一则报道,英国四十三岁的准新娘卡伦·考沃德为了让婚礼成为一生难忘的日子,花了整整一年时间提前筹备,结果,遭遇一系列难以想象的"霉运":订好的旅行公司、航空公司、礼服店相继破产,预订的宾馆倒闭,婚纱店遭窃,熨婚纱的熨斗竟然在手中爆炸,最荒唐的是买了迈克尔·杰克逊伦敦音乐会的门票,但流行天王却永久罢唱,死了,真是够倒霉的!但最终人家还是美美地按原计划举行了婚礼。并非她一定有多坚强,生活总是得继续,只要过了这个坎,再倒霉也有转运的一天。

就像我的那个咖啡壶,碎了就碎了,没什么了不起,大不了咱喝速溶,也是滴滴香浓,意犹未尽……

行车五题

一

十字路口,那个慢吞吞行走的路人怎么那么讨厌。

当我开车的时候,我看到的是大摇大摆、横穿马路的行人;当我走路的时候,我看到的是横冲直撞、乱按喇叭的汽车。

屁股指挥脑袋,角色定位你的看法。

二

大白天,对面的汽车却亮着车灯。

也许,它刚刚经过一个隧道。此时此地觉得可笑的事情,彼时彼地却很合时宜。

事情做得是否妥当,时间地点非常重要。

三

开久了,几乎每一辆车都会留下刮碰的痕迹。

刚添新痕,每次看到都觉得很不爽。时间久了或刮痕多了,反而无所谓了。

学会遗忘或视若无睹,是消除不快的良方。

四

出租车突然急刹,后面的车就撞上去了。

急刹车,是因为看到了路边的商机。当眼前诱惑闪烁的时候,很容易忽视后面潜在的危险。

离名利越近,越需要十分小心。

五

我超速,因为我急着赶路。

停在十字路口等待的时候,我很不情愿地看到,刚才我一路违规超越的车子,又和我停在了同一起跑线上。

赶得早不如赶得巧,有时候运气也很重要。

后来

给小孩子讲故事的时候,遇到最多的提问是:后来呢? 后来怎么样了啊? 小孩子比较心急,总是想快快知道故事的结局。对于小孩子来说,后来是天边够不着的云朵,是水底捉不到的鱼儿,很遥远,很神秘,也很令人神往。

老人们就不一样了。他们的起始句往往从"那时候""想当年"开始。对于他们来说,人生的大部分岁月已经走完,过去的岁月无论走得从容还是仓促,也不管一路伴随的是华彩的乐章、悲伤的旋律还是诙谐的小调,总有些滋味可供细细咀嚼与回味,至于后来怎么样……后来还能怎么样? 不忍想、不愿想,也没必要再多想。

中年人是比较尴尬的一群人,他们到底要不要提到后来呢?

若是不提,前路还颇漫长,前方似乎还有不少希望的曙光:怀才不遇的心存侥幸,指不定哪天领导如梦初醒,一睁眼看到了闪闪发光的金子,一下子就把我给提拔了;财运不济的,寻思着这运气也许说来就来了,每天花些小钱去买几张彩票,或许能像隔壁那个癫痫头,一不小心中了大奖;有色心没色胆的,则幻想自己看中的哪个美女,某一天突然脑子进了水主动投怀送抱……

不得不承认,人有梦想是多么好的一件事啊! 想想都会很开心,又何必非要去实现呢?

　　但若真的提起来,后来又成了一团理不清的乱麻:存折上的数字好不容易超过了首付线,房价却又往上提了一大截,是继续观望还是毅然背上债务这个沉重的壳呢? 新房子虽然住进去了,每月的房贷却压得人喘不过气,离到期还有十多年,生活质量大幅下降,房奴的日子何时才能熬到头? 小孩子看上去有个聪明脑瓜,可读书不肯好好用功,一路下来过不了关斩不了将,以后若考不上好大学、找不到好工作真令人心焦。是顺其天性发展,还是实施高压政策? 当年低眉顺眼的温柔女子如今天天做河东狮吼,是继续在沉默中消沉,还是在沉默中爆发? ……每个问题都很纠结,都很哈姆雷特。

　　那么就把后来先搁到一边,暂时不予理会吧。曾经有一句很流行的话,叫活在当下,诚恳地告诉我们昨天已经作废,明天无法把握,只有当下才是真实的,值得拥有的。我确实很想深刻地体会一下活在当下的滋味,于是屏声静气,静候着当下。是的,现在我已经在当下了,可它却不容我深切地感受到拥有,因为它已经随着时钟的嘀嗒声,流到过去去了,就像我曾经在沙滩上掬起的细沙,我多么想握住它们,但它们最终却从我的手指缝悄无声息地溜走了。

　　刘若英曾在一首歌里这么唱道:"后来,终于在眼泪中明白,有些事,一旦错过就不再。"其实,等到明白的时候已经不是后来了,知道错过的时候也不是现在了。

　　过去、当下和后来是一个完整的沙漏,所有的后来最终都会变成当下,所有的当下都会成为过去。所谓后来,竟是一切的开始,当下和过去竟然都源于那个虚无缥缈的——后来。

　　但别忘了,后来是可以勾勒的。试着不要被风光的现在所左右,不要被忧伤的现在所困扰,也不要被窘迫的现在所禁锢,学学小孩子,用期待的心去勾勒一个你想要达到的目标,然后,努力! 随着嘀嗒嘀嗒的声音,它一步一步地接近你,最终变成了当下。

　　确实,这很像一个游戏。一个个的梦想,一截截的光阴,把它们连接起来,就构成了一个完整的人生。

出名

"出名要趁早。"这句话是天才女作家张爱玲说的。

她确实做到了。从二十多岁用文字惊艳上海滩,直到占据中国现代文学史上一个显赫的位置,她所用的时间实在算不上很长。

更多的人则没有她的幸运了。芸芸众生,人海茫茫,要做到鹤立鸡群着实不易。若真想让人仰视,天生个儿高的还凑合,先天条件差些的,非但要穿上增高鞋,还得准备好头饰、彩带之类披挂上阵,最好再装个扩音器助助声势,颇为辛苦。即便如此,在嘈杂之中,也未必能做到一鸣惊人。

既然又辛苦又不易,为什么还有那么多人哭着喊着想出名呢?

按美国著名心理学家马斯洛的理论,人的需求分五个层次,生理需求是最低级的。当生存有了保障之后,人就会产生顺着台阶一格一格往上攀爬的欲望,那些个台阶从下往上分别是:安全需求、社交需求、尊重需求和自我实现的需求。越往上,可以得到更多的尊重和自我实现的满足。

可见想出名,并非如很多人所理解的,仅仅是受功利的驱使那么简单,它乃是受人类有理想、有追求的天性所操纵。功成名就的人,可以站在高高的台阶上,遥望来路,回顾攀登之艰辛,感受一览众山小的欣慰,也不失为人生的一大乐事。

然而出名这件事,还真不是想出就能出的,天时地利人和,缺一不可。所以有人喜悦着,有人沮丧了,有人痛苦着,有人无奈了,而这世界,恰恰因

为有了这许多阴差阳错，才会悬念迭出，异彩纷呈：有些淡泊超脱、视功名如粪土的，偏偏名满天下，名气大得压也压不住，粉丝多得赶也赶不走；有些心高气傲、追名逐利一辈子的，终了却发现如竹篮打水，打进来多少，漏出去多少，什么都没留下；有些智慧超群、才情卓绝的，却苦于高水流水难觅知音，只能孤芳自赏，聊以自慰；有些爱慕虚荣、沽名钓誉的，尽管钓不到大鱼，但偶有小鱼儿小虾儿上钩，竟也能自得其乐，让小小的虚荣心得到些满足。

而人生的本质，其实就隐藏在这些过程中，让你或饶有趣味或心有不甘或悲喜交集地走在路上，骨感的人生就因为这些纠纠结结的插曲变得丰满起来。就像一部有趣的肥皂剧，絮絮叨叨的情节让人忍不住天天坐到电视机前，至于结果如何，倒似乎并不重要了。

如此说来，想出名并没有错，这跟想工作、想结婚、想生孩子、想画画、想钓鱼、想旅游一样，只是追求人生乐趣的一种方式而已。

当然也有因猝不及防地红遍了天下而惊恐慌张、而手足无措，甚至于痛哭流涕的。比如，最近那个叫李刚的，虽然和那个砍桂花树的吴刚只差了一个字，确实只是一个很普通的名字，可忽然间就红了。忽如一夜春风来，这个名字排山倒海般席卷了中国的互联网，人们用诗词歌赋竟相传诵着：床前明月光，我爸是李刚；试问卷帘人，却道，我爸是李刚；天生我材必有用，因为我爸是李刚；假如生活欺骗了你，不要悲伤，我爸是李刚；真的勇士，敢于直面我爸是李刚……没有必要再去打听李刚有多出名了，就凭网民们一股脑儿把这些经典名句全安在了李刚的头上，其走红程度之严重由此可见一斑。

李刚出名的起因想必很多人都已经知道了：年轻人李启铭在河北大学内醉驾撞倒两名女生，一死一伤。当他被学生和保安拦截下来时，镇定地说：有本事你们就去告，我爸爸是李刚。这句话石破天惊、一锤定音，使他那个担任河北保定市某公安分局副局长的爸爸立马就出了大名。

所以，关于出名这个问题，关键并不在于想不想出名，也不在于有没有出名，而在于因为什么而出名。做人要做到香气扑鼻、万世流芳固然不易，但以臭取胜，这样的名，不出也罢。

巴别塔

不能说人类很强大，只能说人类真是太强大了！

自从人类在地球上出现以后，那些兽中之王、禽中之王们就渐渐失去了它们固有的尊严，非但领地节节失陷，其中一些不争气的还潦倒得被人类圈养起来，到了供人取乐、任人宰割的地步，想想着实替它们感到可悲。

其实早些时候，光凭人类自身的力量是无法与强壮的肉食动物相抗衡的。在自然界，人类只是食物链中的一个环节。我们可以捕获那些武功平平、没有招架之力的动物，却屡屡被那些更为强大的对手伤了卿卿性命。在人类历史上，能仅靠自身的几分蛮力打败老虎这样庞然大物的人毕竟少之又少。所以施老先生编的那个故事，关于武二郎在景阳冈醉打老虎的英雄事迹多年来一直被人们所津津乐道，成为人类赤手空拳战胜猛兽的最佳范本。

后来，人类之所以能转败为胜，凭借的是聪明的大脑。智慧的人们用刀枪棍棒这样的工具利器，补己之短，成功将动物们驱逐出了人类的领地。狼外婆再也不敢在门外唱什么"小羊儿乖乖，把门儿开开"的歌了，若不小心惊动了小羊儿的主人，定让她吃不了兜着走。

已经能做到"上九天揽月，下五洋捉鳖"这样高难度动作的人类，强则强矣，却并非无所畏惧。事实上，虽为同类，人类却无法做到惺惺相惜。纵观人类的历史，仇视无处不在，打打杀杀、巧取豪夺的事时有发生，从来就没

消停过。

《圣经·旧约》上有个故事,说人类的祖先最初讲的是同一种语言。大家在一起和和美美,小日子过得挺滋润,就决定修建一座可以通天的高塔。他们齐心协力,果然建起了一座宏伟华丽的高塔叫巴别塔,高高的塔顶冲入云霄。上帝看到这塔,吓了一跳。他想,人们讲同样的语言,就能建起这样的巨塔,日后还有什么办不成的事情呢?于是,他决定让人世间的语言发生混乱,使人们互相言语不通,沟通不畅。现在看来,上帝他老人家确实成功了。

只是我还有些怀疑,凭着人类的聪明劲儿,难道会被几句叽里咕噜的外国话所难倒?

汗,能让人与人之间混乱到无法沟通的,怕不仅仅是语言这种东西吧?

白骨精

何谓"白骨精"?白领、骨干、精英也。

可惜这个《西游记》中最具知名度的女妖精,机巧善变、法术高强,连无法无天的孙猴子都在她那儿吃了不少苦头,却在这个重视知识产权的年代跌了跟头,未能逃脱被侵犯姓名权的命运。

白骨精原本是个大反派。看过《三打白骨精》的都知道,虽然题目像是孙悟空强势,打了人家。其实那老孙根本没伤到她一根毫毛,倒因此惹了一肚子的委屈,甚至被唐僧贬回花果山,跌尽了面子,让广大热爱着孙大圣的观众很是气愤。

白骨精进化到现在,成了风光无限、令人羡慕的职场精英。书店的书架上放着《白骨精学习法》,网上专门设立了"白骨精人才网",电影院正在放映时尚大片《恋上白骨精》,前些日子,广州的一名政府官员则表示,要建好公租房,留住"白骨精"。

怪不得有那么多的都市白领哭着喊着要当白骨精!

这是一个白骨精当道的年代,若白骨精在千年妖洞有知,定会感动得热泪盈眶,以绝不上访、绝不起诉、无偿捐献出姓名使用权来回报广大关心她、爱护她,为她重新树立良好口碑的人们。

是到了为白骨精正名的时候了。

当年她想吃唐僧肉,是为了自身生存发展的需要。她是妖,妖吃人天经地义。看人类,捕鲸猎熊,不也一样残忍吗?再说,有那么多的妖精虎视眈眈盯着唐僧肉,你若不吃,别人就抢着吃了,岂不吃亏?看来,这么多年,我们还真是冤枉了白骨精同志。

现代"白骨精"们也不容易,看上去风光无限,背后却有着不为人知的忧伤。江湖险恶,职场曲折,心理压抑,他们往往要具备孙悟空的本领、沙和尚的人缘和猪八戒的运气,才能修炼成"精"。现在市面上还有不少职场秘籍,教人如何厚脸皮、如何耍手腕、如何黑心眼,甚至有人从你死我活的谍战片《潜伏》中都能总结出一套职场攻略,怕是连当年的白骨精看了,也会瞠目结舌、自叹不如。

职场是现代人类除了家庭以外最重要的生存环境。地球要环保,职场也一样。搞浑了空气,就算屏住呼吸,屏得了一时,屏不了一世,受害的还是自己!

包粽子

当年,我还是个小姑娘的时候,跟着我爸学包粽子。材料都已备齐,我只要将白白的糯米包进细长的粽叶即可。然而这不是一件容易的事,虽然我的手指比我爸的纤细多了,却远不如他的灵巧。包粽子要包得紧实贴切、有棱有角才算过关,可那些糯米最终在我手下溃不成军,只好在粽叶外面绕上一道又一道的绳子,狼狈得很,怎么看怎么别扭,活像个被笨贼绑架的胖子。

所以,包粽子也是有学问的。米过多则溢,就像一个胖子非要把自己塞进小号的衣服里,害得身上的肉东突西奔,无处藏身。反之则过瘪,松松垮垮,像小个子套了件肥仔的衣衫,也有损于粽子的光辉形象。包粽子,光包扎的手艺过了关还是不行,舟山有句老话:叫"绣花枕头烂草包",那是专门用来贬人的,但用在包粽子上也颇为贴切。粽子是用来吃的,赏心悦目固然能诱起人想吃的欲望,但最终让人赞许的,还是肚子里的真材实料。肉粽要肥而不腻、咸淡恰当才算好,豆沙粽的馅儿要香甜绵软,入口即化,就连最普通的碱水粽也得十分用心,碱放少了不入味,碱太多则涩口。

这么说起来,包粽子的过程跟一个人的历练过程就有些接近了。一个人从牙牙学语,已经开始备料,待到大学毕业,坐在面试席上,考官既要看你粽叶包得咋样,又要知道你肚子里都有些什么材料。当然,跟真正的粽子不同,只要生命不息,人这一辈子都在不停地为自己加料。只不过有些人注重内在,有些人则更喜欢花花绿绿的包装绳。一些人从白米粽起步,成长为内涵丰富的精品粽;有些人原本是好粽子,却不懂珍惜,最后发了馊变了质;还有人急功近利,加了不该加的料,把自己变成了怪味的四不像。

有多少料,包多大叶。有什么馅,露什么馅。想成为怎样的粽子,就加什么样的馅料。做个货真价实、表里如一的粽子,让粽叶一直散发着自然的清香,这样的人生,才好。

杯具

"杯具"是近来的网络流行语。在安分守己地做了好多年普通的日用品名词以后,它突然被猝不及防地推上了一个新的舞台,就像英国达人秀节目中貌不惊人的苏珊大妈,一下子火起来了。

中国的文字从象形文字起步,演变到现在,有些字仍然十分形象。比如"悲"字,活像一张愁眉不展的苦瓜脸,让人看着就挠心。但自从"悲剧"摇身一变成为"杯具"之后,如同炒苦瓜的时候放了油盐酱醋糖,让我们在苦味之外又品到了一些其他的味道。

网上那句话是怎么说来着:人生就是一个茶几,上面放满了杯具。说放满绝对有些夸张了,但我们都不可否认,在这个地球上,大大小小的"杯具"确实无处不在。"家家都有本难念的经",你若说去谁家看到他家的茶几上

只放着鲜花水果，那肯定是人家要面子，看到有客人来，急忙把"杯具"塞茶几底下去了。

"花无百日红，人无千日好"、"人有悲欢离合，月有阴晴圆缺"……自古就有许多关于人生无常的喟叹。谁都希望一辈子能顺顺畅畅地过去，但我们所处的庞大星球和它所孕育的复杂人类一直在磕磕绊绊中，没有办法消停。突如其来的天灾、带着死亡阴影呼啸而至的战争，甚至于一个意外、一场疾病、一次失恋……都可以成为一个人、一个家族、甚至一大片群体的"杯具"。

面对"杯具"，很少有人能做到无动于衷。"杯具"里有忧伤浮动，"杯具"外有痛苦缠绕，生活露出了它丑陋甚至狰狞的那一面，让人颓废得恨不得就在"杯具"里沉沦下去算了，有人干脆直接就崩溃了。

当一个人遭遇生理极限挑战的时候，能激发起超常的求生欲，那些从地震、矿难废墟中获救的人，坚持的时间往往超过我们的想象。反倒是那些被精神压力折磨着的人，一不小心就走了极端，自己把自己给灭了，他们错在把"杯具"放大了。原来想象也是有力量的，臆想中的"杯具"越来越大，最终能把茶几压垮。

杯具是可以冲洗的。用时间的流水，加希望的洗涤剂，不断地冲刷，苦味就渐渐地淡了。古有王宝钏，今有赵作海，都是心里揣着希望的人。这样的人，才能在看似难熬的漫长岁月中，把杯具洗出光泽，最后露出"洗具"的模样。

嫦娥

中秋节一到,家家户户品月饼,赏明月。

月亮不像太阳,红通通热力四射,让人不敢直视。月亮的清高中带着亲和,在漆黑的夜晚,它俨然是个巨大的全自动移动路灯,默默为每一位夜行者提供着免费照明,你走到哪儿,它就跟到哪儿。

月亮还是浪漫的。它色泽金黄、形容优雅,每晚在天上轻移着莲步,初一弯弯如柳叶,月半圆满似玉盘。月亮无疑是美丽的,无论以哪种形象出现,均能符合大众的审美眼光。

难怪古往今来,大家都争着抢着赞美月亮。"明月松间照,清泉石上流""海上生明月,天涯共此时""举杯邀明月,对影成三人"……这些诗句,映在脑子里就转化成一幅幅绝美的画面。若把历年来文人墨客吟诵月亮的文字都连起来铺条路,估计能从地球一直铺到月球。

但我们总觉得月亮是寂寞的,因为月光清冷,还因为月亮上住着一个嫦娥。

对于大多数中国人来说,说起月亮,必然会联想起嫦娥。据说这个女人偷吃了丈夫后羿从王母娘娘那儿讨来的不死之药,居然轻飘飘一路飞到了月球之上。

画上的嫦娥,在月亮清辉的映衬下,衣袂飘飘,长袖善舞,是个绝色佳人。作为月亮的品牌形象代言人,嫦娥显然获得了巨大成功。但作为一个

女人,她似乎并不幸福。

对于嫦娥成为仙女的过程,故事中颇有贬损之意。偷吃灵药,这种行为无论从哪方面来说都算不上光彩。她既已被贪婪和愚蠢的好奇心所驱使,独吞了不死之药,那总是要受惩罚的。"嫦娥应悔偷灵药,碧海青天夜夜心"。琼楼玉宇的广寒宫虽美,却冷清清空无一人。女人最怕的是寂寞,漫漫长夜何处是尽头?

这一招够狠,让你偷到了不死药,却买不到后悔药。这时,长生不老倒成了累赘,活得越长越觉得煎熬。

撇开对于女人的偏见,我觉得这个故事还是颇富哲理的。"塞翁失马,焉知非福",任何事情都有正反两面,有得必有失,有失必有得,所以大可不必刻意去追求本不属于你的东西。也许刻意了,就是悔恨的开始。

你是要瞬间的辉煌,还是要寂寞的永恒……

额滴神啊

这声惊叹,只献给一条名叫保罗的章鱼。

本届世界杯赛,让德国奥博豪森水族馆的一条章鱼抢尽了风头。它从容不迫地预测了包括决赛在内的八场比赛,分毫不差。对于它的傲人成就,除了学佟掌柜惊呼一声"额滴神啊",我实在找不出更鲜活贴切的语言来表达对它的敬意。

不可否认，这是一个超级娱乐的时代，我们已经习惯了品种繁多的恶搞。所以章鱼哥一出来，我以为一向严谨的德国人被经济危机砸昏了头，也开始向咱国人靠拢，想找点乐子放松一下神经。

没曾想，八场比赛下来，一条看上去极不靠谱的章鱼却做了一件极其靠谱的事，一下子就名震天下，令全世界人民刮目相看。

咱们且不论章鱼哥是否真有神力相助，或者背后有个利益团队在操纵。说实话，我对人为操纵说还真不大信。若真有如此高明之团队，想借机敛财，又何必成全这条寿数最多仅三年的章鱼，弄一个长寿海龟岂不能多赚好多年？关于章鱼哥预测的奥秘，牵涉到很多可知和未可知的科学问题，过于深奥，不敢纠缠。我想竭力推崇的，是章鱼哥身上所具备的一些优秀品质，它们如钻石般在黑暗中闪闪发光，令我等不得不肃然起敬。

首先，它诚实。在各类"撒谎门"层出不穷的今天，保罗同志实在是太诚实了，真正做到了连严守一都没做到过的"有一说一"，说谁赢就谁赢，一言九鼎，绝无二话。

其次，它正直。它身居德国的水族馆，吃着德国的，用着德国的，可以说，它的命脉完全掌握在德国人手中。但它却能不畏权势，毅然宣布德国队无缘进入决赛。为此，它甘愿冒着被不理智的德国球迷大卸八块、红烧大烤的生命危险。这是一种多么勇敢无畏的国际主义精神啊！

此外，它还是一条廉洁自律的章鱼。它为所供职的水族馆立下了汗马功劳，却不居功自傲，安心住在玻璃房子里，从未要求组织上为它配备水晶豪宅。甚至在它大红大紫以后，它还能安心做回自己的老本行，打算继续为小毛孩们提供观赏服务，直到生命的最后一刻，真正做到了传说中的宠辱不惊。

在高智商的人类当道的年代，我为一只软体动物而喝彩，如果非要为它唱一首歌，就选那首吧：你是光，你是电，你是唯一的神话。

光阴

　　幼时，只知三五牌座钟不能乱碰，还不知光阴转瞬即逝。所以，心安理得地挥霍着光阴，没有一点内疚、一丝不安。这样的挥霍，其实是很快乐的。

　　后来，听老师在讲台上念：一寸光阴一寸金，寸金难买寸光阴。我虽然不明白一寸光阴该如何计算，但寸金的概念还是有一些的，因此幡然醒悟，怪不得钟表很值钱，原来指针嘀嗒出来的时间那么金贵。于是在作业本上歪歪扭扭地写上：我一定要珍惜时间，好好学习。

　　只可惜年少时患有选择性健忘症，捉蜻蜓捞蝌蚪这类事记得清清楚楚，最终被遗忘的不是作业，就是时间。于是在半梦半醒之间，又虚掷了许多光阴。

　　等到无数寸光阴过去，已经不再年轻的时候，听说时间是老天公平分配给每一个人的资源，总算减了几多愧疚，多了些许安慰。我们确实用不着拿金子去换时间，因为每个人手上都攥着不少时间，只要老天不收回去，时间总归是有的。

　　但对于时间这个资源，我一直存在一个思维误区，我以为它是可以再生的，今天用完了，明天又有了；今年过去了，明年重新开始。殊不知，已经过去了的时间，永不回转。

　　有时候，我纠结在"寸金难买寸光阴"这个问题上，想象若光阴能用来买卖，又会是怎样的一幅景象。后来看了本山大叔和小沈阳在春晚小品中的对话，终于明白，这将造成人生两大痛苦的极致：有闲没钱的，拿时间换了很多钱，最后的结果是：人没了，钱却没花完。有钱没闲的，拿钱换了很多时间，然后发现，人活着，钱却没了。如同先有鸡还是先有蛋这个千古难题，谁也说不清哪一种状况更令人觉得痛苦。

所以，还是不能买卖比较好。

时间是公平的，每个人都拥有相同的时间单位，你的十年和他的、她的、他们的都一样长。但还是有不公平，每个人拥有的时间长度不尽相同，拥有一个十年、五个十年，还是十个十年……本人非但没有决定权，连知情权都被剥夺了。

一个普通人，在对待时间这个资源上，若能做到张弛有度、合理调配，最为理想。过度闲置和过度开发都不怎么妥当，前者叫虚度光阴，后者则是透支生命了。

红尘

惯于玩黑色幽默的冯小刚今年往银幕下扔了一颗催泪弹，果然威力强劲，令很多人当场泪奔。

"唐山大地震"，在国人心中，是悲剧悲到了极致的代名词。突如其来的地动山摇，仅短短23秒，使一座城市变成废墟，24万条生命陨灭，无数的亲

人从此阴阳两隔。这个场景，连想象一下都会让人心悸到绝望。

其实，死亡这件事本身不算太可怕。我们莫名其妙来到世上，总有一天会无知无觉地离开，这是自然规律。虽有秦始皇这样的狂人，曾为长生不老做过不懈的努力，但事实证明，他的努力全是白费。所以大多数人还是接受了"世间万物皆有生有灭"这个不争的事实。

但为什么有那么多的人惧怕死亡呢？我觉得还是因为留恋吧，红尘中有未竟的事业，有未及享受的荣华，更重要的是：红尘有爱，有爱就有牵绊。

每个人赤条条地来到世上，啥也没有，啥都不会，却并不感到无助，因为有爸爸妈妈迎着，有七大姑八大姨罩着，他们来得早，已织就了一张亲情的大网。后来，有了朋友，有了爱人，加入了友情和爱情，使这张大网更加纵横交错、密密匝匝。然后我们再用这张网，去迎接我们的孩子。就这样循环往复，用一根根无形的丝线，把无数颗凡心拴入网中。

当年李叔同毅然扯断这些丝线，皈依佛门，曾经的爱妻携幼子千里迢迢赶到灵隐寺外，竟未能求得一见。李叔同已深谙人生之悲欣交集，他放得如此彻底，把俗世的爱都化作了普世的慈悲。这需要有异于常人的慧根和悟性尚可抵达，所以他成了独一无二的弘一大师。

大多数的凡夫俗子们还是得在红尘中摸爬滚打，既享受爱的甜蜜，也承受爱所带来的痛楚。就像影片中的元妮们，因为爱心怀温暖，也因为爱而撕心裂肺，一辈子得不到安宁。

电影只撷取了红尘中的一粒微尘，却触动了很多人的心灵，据说这部影片大大地拉动了纸巾消费。我们流泪，是因为我们亦在网中。

"没了，才知道什么叫没了。"片中多次重复的一句台词，告诉我们，只有沉痛地失去过，才真正明白什么叫珍惜。

珍惜，如果这个词的背后非得是失去，那我宁可永远都不明白。

口才

一休是个有口才的人。他不小心打破了老师视若珍宝的茶杯，就虚心请教老师："人为什么一定要死呢？"老师答："这是自然规律呀，世间一切，有生就有死。"这时一休方捧出茶杯的残骸，对老师说："您这个茶杯的死期到了。"

一休这招，颇有金庸笔下慕容公子"以彼之道，还施彼身"的功夫，用你的话堵你的嘴，若再想理论一下，那就是拿自己的矛刺自己的盾。中招者只能闷声不语，有苦难言。

曾经有过一个特殊的年代，好口才只能用于革命的事业。看那时候的电影，凡正面人物，皆浓眉大眼，一口慷慨激昂的书面语言。至于那些爱在女孩子面前油腔滑调说几句俏皮话的，一概被当作反面人物处理，最起码也是被挽救的对象。在恋爱中，他们永远敌不过那个木讷寡言，只会摸着脑袋憨笑的傻小子。

现如今，说话不顺溜的越来越不吃香了。自从有了面试机制，人生的道路上若要过个关斩个将，非得凭口中三寸不烂之舌不可。还有很多人凭借其或尖锐或犀利或亲和或诙谐的口才在茫茫人海中脱颖而出。且不论易中天、郭德纲、周立波这些学者明星，就连草根阶层，也不断涌现出因口才奇佳而一夜成名的人物。看荧屏上爆红的各种选秀、相亲类节目，总能凸显几个

出类拔萃的先进人物，或达人，或超人，实在不行就雷人。比如，其中的佼佼者凤姐，口才着实了得，语出句句惊人，令人不得不摇头叹服。

其实，好口才并不仅仅是张口就来的本领，在我看来，若没有两条线连着，再会忽悠也不能称之为好。这两条线，一条连着心的部位，只有真诚的交流，才是值得珍惜和铭记的。另一条则源于大脑，语言是智慧的艺术，失去了理智的夸夸其谈，只会被人当作茶余饭后的笑料。

当然，好口才也要看对着谁说，一休面前站着的若不是他知书达理的老师，而是一介莽夫，劈胸一把揪住领口，大喝一声：还我杯子来！秀才遇到兵，任小一休有再好的口才，也是白搭。

麻瓜

看过《哈利·波特》的人，都知道麻瓜指什么。

在英国女作家 J·K·罗琳的笔下，有一个神奇的魔法世界，巫师们骑着扫帚满世界飞。不过，由于他们并没有飞离地球，这些神通广大的巫师们偶尔也会进入凡夫俗子的生活空间。他们称那些不懂魔法、拿着扫帚只会用来扫地的普通人，叫麻瓜。

麻瓜们对魔法世界的认知度几乎为零，即使巫师们在他们眼前飞来飞去地作怪，也一无所知。

偶尔，会有促狭的巫师捉弄麻瓜取乐，比如，把施了魔法的钥匙卖给麻瓜,然后把钥匙缩小,一直缩到没有,而被捉弄的麻瓜是断不会往魔法上想的,他们只会责怪自己丢三落四,把钥匙弄丢了。

当然,如果巫师们仅限于略施这些小恶作剧来为生活增加些调剂,也无伤大雅,问题是巫师也和普通人一样,会犯错误,免不了出些纰漏,让麻瓜看到了不该看的东西,这时候就需要采取应急预案了。

魔法世界有严格的游戏规则,其中一条就是不能让愚昧的麻瓜们知道有魔法这回事。所以,有个魔法部,一直致力于让麻瓜们处于无知之中。

对于法术高强的巫师们来说,这并非难事,即使麻瓜看到了什么,根本用不到杀人灭口这样低级的血淋淋的手段,只要魔法棒一挥,念一句遗忘咒,麻瓜就会忘了自己亲眼看到的一切,重又回到混沌之中。

这样说来,做麻瓜岂不是很不幸?

其实也并不尽然。生为麻瓜,从未体会过魔法之奇妙,又哪来的遗憾和不幸福感呢? 不要以为生活在魔法世界就没有烦恼,那里也有邪恶、有欺诈、有阴谋,有纠结的爱……

有个笑话,三个农民讨论皇帝每天吃什么。山东的农民说,皇帝每天吃大饼卷大葱,面酱随便沾。陕西的农民说,皇帝每天吃捞面,茄子肉末的卤。河北的农民说,都不对,皇帝每天吃饺子,猪肉白菜馅的。同样,那些不了解民间疾苦的皇帝也如同生活在不食人间烟火的仙界,中国古代有个晋惠帝,听说某地方闹灾慌,灾民们没粮食吃,饿死了不少人,就诧异地问:何不食肉糜?

在很多事实面前,我们只是一群麻瓜。只要不知道真相,就不会有痛苦,信不信? 就是这样。

螃蟹

螃蟹曾经非常成功地在世上横行霸道了 N 年。

我特意上百度查了一下，发现螃蟹几乎没有能一招致其于死地的天敌，当然，人类除外，人类是所有动物的天敌。

在相当长一段时期内，连人类都对螃蟹望而生畏。据传说，因螃蟹形状可怕，丑陋凶横，还敢举着大螯跑到岸上来攻击人类，被称为"夹人虫"。后来，壮士巴解不堪其扰，挖围沟、灌沸水，烫死了夹人虫，方才发现这样子丑陋的怪物烧熟了竟然香气扑鼻。从此，人间多了一道至尊美味，而螃蟹和它的子子孙孙则陷入了万劫不复的境地。

这件事看似偶然，却是必然。

其实，螃蟹的大螯还是颇具杀伤力的，那些小鱼小虾一旦碰到，绝无生还之可能。想必螃蟹在它所居住的水域范围，所向披靡，战无不胜，时间久了，就颇有些独孤求败"求一敌手却不可得"的落寞与无奈。

当年，金庸先生笔下的独孤先生发现"天下更无抗手"时，选择了隐居深谷，以雕为友。但螃蟹们骄傲地环顾了一下江河湖泊，选择野心勃勃地离开它们的疆域，杀入人类的领地。

一开始还真把人类给吓着了。想象一下，从河里爬出来一群张牙舞爪的怪东西，盔甲自带，水泼不进、针刺不穿、刀劈无痕，貌似金刚不坏之身。

行事做派又一副胸有成竹的模样，根本不把人们放在眼里，所到之处，铿铿铿地挥舞着两个大钳子，总之确实是非常吓人的。

只可惜它们在实力上和人类相差了好几个级别，所以最后吃瘪也是在所难免。

和螃蟹有着相似经历的还有贵州的那头驴，它第一声长鸣，把老虎吓坏了，逃得远远的。后来老虎觉得它并没那么可怕，就屡次试探骚扰，驴果然被惹毛了，狠狠地施了一记扫堂腿，就这样露了破绽。老虎说："技止此耳！"一个饿虎扑食，结果了它的卿卿性命。

螃蟹和驴都犯了同样致命的错误，在劲敌面前，它们不仅高估了自己的能力，还低估了对手的能力。

在博弈中，光有勇气和自信是远远不够的，再加上智慧和实力也不一定能取胜，知己知彼，审时度势，方可决胜于千里。

品牌

想当年，广告刚刚新鲜出炉的时候，很多国人并不理解。

蝴蝶牌缝纫机、凤凰牌自行车、茅台酒、大前门烟，哪个好东西不是需要批条子开后门挤破头皮才能买到？这就叫"酒香不怕巷子深"，好东西难道还用得着做广告？

那时候我们是守着计划经济这口老井的青蛙，只能看到头顶圆圈圈那

么大的一片天。

现在不管我们讨厌也好，抵制也罢，广告已经渗透到大众日常消费的方方面面。无论什么产品，从新品牌成长为知名品牌的道路上总会有无数的广告相陪伴，而我们伸向超市货架的手也往往会被某一句诱人的广告词所操纵。一些经典的广告词甚至成了比教科书更为普及的流行语，连牙牙学语的娃娃都能张口就来。

这也无可厚非。如今的市场极度繁荣，商品浩如烟海，新玩意儿层出不穷，要让人记住太难了。就像影视圈，时不时冒出个新面孔，若做不了家喻户晓的明星，也得多出镜，好歹混个脸熟，不然谁理你啊？！

其实我们的老祖宗才是做品牌的真正高手，那些百年老店和地方名特产品，传承了这么多年，金字招牌还是熠熠生辉，还在替子孙后代赚着吆喝。

很奇怪，那时候并没有电视广告狂轰滥炸，也无影视明星倾情推荐，那些个老作坊老字号，凭着一群忠实的本地拥趸者，加上一些南来北往客，马驮骡拉，口口相传，就能把生意做得风生水起，将品牌传遍大江南北。

只可惜，这些金字招牌好不容易流传到现代，硬被一些不肖子孙抠了下来，他们被招牌上闪闪发光的金子晃了眼睛迷了心窍。殊不知，金子一旦离开祖宗们千锤百炼铸就的招牌，就像鱼儿离开了水，花儿离开了秧，变成了一堆闪着锈色的废铜烂铁。太仓肉松、金华火腿、东阿阿胶、宜兴紫砂壶……一个个历经百年锤炼和考验的知名品牌，在李鬼们的围追堵截下，内外交困，体力不支，只能跌跌撞撞地前行，唯觉前路一片渺茫。

树品牌，广告是门面，但若没有质量和诚信做后盾，再漂亮的门面也终究会被雨打风吹去。

抚平浮躁，放下功利，沉下心来，方是树品牌之根本。做产品如是，做人亦如是。

骑虎

骑虎,想必是很风光的一件事。

试想一下,在嘈杂的闹市区、熙攘的街巷间,忽见一人骑斑斓猛虎招摇过市,一定能吸引所有人的眼球。骑在虎上之人,那真是威风八面,天下无敌,比骑着高头大马的主儿酷多了。连时下那些开着宝马奔驰、悍马保时捷在马路上纵横驰骋的,也难望其项背。让广大不明真相的围观群众不由得肃然起敬、瞠目结舌、啧啧赞叹、心向往之,对骑主的景仰之情如黄河之水滔滔不绝。更有好事者奔走相告,口口传诵,以目击者的身份绘声绘色描述骑虎者之风采。一时间,骑虎者成为当之无愧的热门话题,引来粉丝无数,成就了一个超现实主义的神话传说。

要骑上猛虎的背,自然要花大力气,尽管跃跃欲试者无数,但真正有实力能完成这个高难度任务的人,少之又少,如同凤毛麟角。没有相当的智慧、技巧和力量,以及九死一生好运气的人,一不小心就会从虎背上摔下去,摔个鼻青脸肿,从此一蹶不振。还有些资质过差或正走狗屎运的,骑虎不成,反被老虎当了点心。

骑虎如此不易,那些好不容易成功的,自然十二万分地珍惜骑在虎背上的风光与荣耀。但骑得久了,个中滋味只有骑的人自己才知道。那个成语是怎么说来着:骑虎难下。

许多骑虎达人，看似风光，其实内心颇为恓惶。比如那些个身家上亿却负债累累的企业家；比如那些死撑着房价就是不松口的房产商们；比如那些个身居高位却失去了自由和乐趣的达官贵人；比如那些忙得亚健康、不健康却刹不住车的金领白领们。最近有一个得了鲁迅文学奖，盛名之下，却害怕被记者采访、被网民围观的"羊羔体"诗人，也可以作为骑虎难下的典型代表。

是承受巨大的心理落差，趁着有点力气自己下来跑掉，还是跑到精疲力竭掉下来被老虎一口吃掉？这个问题，十分纠结。

如果上天把一头猛虎放在你面前，先问问自己，有没有跳下来的勇气或被摔下来的心理准备？若没有，那还是趁早离它远远的。毕竟，骑虎有风险，决策需谨慎！

闪

这是一个高速的时代。

飞机、地铁、磁悬浮……这些足以让神行太保、刘翔之类的飞毛腿们黯然下岗的玩意儿，使"天涯若比邻"这句王勃老爷子当年只是用来宽慰一下友人的话竟成了未卜先知的预言。

放眼神州大地，"快"字辈出。快餐、快递、快客、快照、快播……你若还在说大鱼吃小鱼，早过时了，被 OUT 了，现在是快鱼吃慢鱼。

偏偏还有人嫌快字不够快,因此,"闪"字审时度势,横空出世。当天空划过一道闪电,你甚至还来不及露出害怕的表情,它早已把炫目的光亮收回去了,多么传神的表达,这才是速度!以前只听说过闪腰,现如今,闪图、闪客、闪婚,争先恐后地闪着,连婚都可以用闪的速度结了离了,这世上还有什么是不可以闪的?

听过一个笑话,算不上很好笑,是讽刺慢性子的。说是天下雨,别人都急急地往前跑,就他一人慢吞吞地走,问他为啥不跑,答曰:前面也下雨呢,有啥好跑的?

跑的人就笑了。真傻啊!跑回家不就淋不到雨了吗?快是超前,闪是领先。

所以,我们吃上了在流水线上快速养殖的鸡鸭,我们马不停蹄地浏览一个个景点,我们是空中飞人,我们是速成专家,我们恨不能一口吃成一个胖子,一天建成一个罗马。

都提速了,天生慢性子的怎生了得!想象一下慢鱼被快鱼一口吞掉的可怕场景,真是不寒而栗。

其实也用不着太害怕。鸟妈妈教育小鸟说:早起的鸟儿有虫吃。早起的虫子就遭了殃,那些睡懒觉的虫子反而逃过一劫。快和慢并不是对立的,快有快的效率,慢有慢的成果。很多慢性子都活得好好的,还特悠闲自在呢。

"慢生活"这个概念正悄悄地被越来越多的人所接受。在高速运转的社会机器中,适度放慢你的脚步,与时光同步,重视过程,关注心灵,顺应自然,在张弛有度、快慢结合中享受天然与从容、淡泊与宁静,这将会是十分美好的体验。

是啊,下雨了干吗非要跑呢?可以找个地方躲雨,顺便看看雨中即景;也可以雨中漫步,享受天落水的清凉。即便是一心想着回家,也不一定跑啊,万一走几步雨就自然停了呢?跑到前面也是雨,谁比谁更傻呀,真是的!

时宜

　　话说当年,苏东坡腆着大肚子考问别人:你们觉得,我这肚子里都有些啥? 能待在苏大学士身边的,自然都是些聪明人,知道这肯定不是医学知识问答,就尽挑好听的说,什么诗文啊、见识啊,均被一一否定。最后,爱妾朝云举手发言:里面是一肚子的不合时宜。东坡闻言哈哈大笑,赞道:知我者,唯有朝云也。

　　时宜是什么? 时宜是当前的形势,时尚的潮流,按理说合之才惬意。但苏东坡是有名的狂士,有才情,有底气,又直言不讳、桀骜不驯,他当以不合时宜为荣。且他的不合时宜,多被后世文人墨客盛赞之。

　　虽然苏东坡拥有庞大的粉丝团,在当时混得并不得意。他少年得志,进入仕途后却起起落落,屡屡被贬。其实也难怪,现实生活中,不合时宜之人说话行事往往令人如芒刺在背。中国人讲究"和谐",尽管背后钩心斗角、说瞎话捅刀子的不在少数,但人前必是你好我好,一团和气。突然冒出个头上长角,话中带刺的主儿,直来直去,又不顾及别人的脸面,常让人下不来台,自然大大地不受欢迎。以至于苏东坡后来也反省自己"受性刚褊,黑白太明,难以处众"。

　　一个人与时宜合拍,就如同在顺风顺水中行舟,左右逢源,春风得意。若合不了,这一路就免不了跟人磕磕碰碰,闹笑话,遭白眼,听怨言。但在成语里关于这两种人的诠释却恰恰相反，形容合乎时宜之人的词常带贬义，什么见风使舵、随波逐流、人云亦云等。不合时宜者，则被冠以与众不同，超凡脱俗、特立独行之美誉。

可见，在我们生活的这个环境中，叶公并不在少数。不合时宜之人，只能远观，不可近处。

近日，有个不合时宜的仇姓记者被通缉了。再前些时候，有个合乎时宜的官员差点被板砖扔死。这位姓平的主任很委屈地叫了声不平："我到底哪儿讲错了嘛？"是啊，大家天天讲得心安理得、听得习以为常的话，怎么突然就听不得了呢？

"世上本没有路，走的人多了，就成了路。"官腔不爱听了，通缉令也撤回了。看来，时宜这风向，也是会转的呢。

所谓超人

超人很神。

不过我说的超人，不是指那个内裤外穿，披着斗篷，喜欢在空中窜来窜去的外国大高个儿。

外国人总觉得地球很脆弱，一不小心就会被毁掉，所以虚构出类似超人、蝙蝠侠这样的超级英雄，希望他们能在千钧一发的时刻拯救地球于危难之中。

中国人不玩这种幼稚的把戏。地球非气球，哪能一捅就破？倒是生命很脆弱。房子虽然还是天价，但只要留得青山在，不怕没柴烧。在这种革命乐观主义精神的鼓舞下，养生热席卷大江南北，超人也就应运而生。

外国超人崇尚个人英雄主义，仅凭一己之力化解危机。中国超人则明白，超人也要靠人气，粉丝多了好办事，所以他们致力于广泛发动人民大众投身到轰轰烈烈的养生事业中。

超人李一，小名李二娃，曾任某杂技团团长，入道后即成神仙，会水下胎息，能通电看病，宣传辟谷养生，引不少名流趋之若鹜。

超人张悟本，针织厂退休工人，进入医学界后一跃成长为"中医食疗第一人"，发明了能治百病的神药绿豆，使广大百姓欢欣鼓舞。

这两个人虽然学历不高，却聪慧过人。一个切中了富人的脉搏，将养生同中国传统的道教文化相结合，使养生品味一下子就提高了好几个台阶；另一个则悟透了穷人的心理，普通的绿豆就能治百病，那就不用去医院了，往家背个几十、几百斤囤着天天吃。

各路媒体也深谙养生运动对于中国百姓的重要意义，及时推广，大肆普及。书出了，报纸登了，电视也放了，结果才尴尬地发现，绿豆不能治百病，超人也是普通人。

真不该指责那些不明真相的群众太轻信。这几年毒大米、地沟油、色素蛋、农药菜来势汹汹，凡胎肉体实难抵挡，只能病急乱投医，以为真能把吃出来的病吃回去。怪只怪媒体，宣传的时候忘了用小字注明：本故事纯属虚构。

李一和张悟本不是超人，但确是人中奇才，只是入错了行。李一要是在魔术界混，估计就没刘谦什么事了。张悟本绝对是个金融人才，若再给他些时日，有望把绿豆炒成金豆。所以基金公司应该把他聘去当个基金经理，让那些省吃俭用的基民们好歹淘回些老本，也算是为民造福了。

玩票

早先，称那些业余唱戏爱好者为票友，他们在台上唱得有板有眼，自我感觉就是个角儿，一脱下戏服，该干什么干什么，是玩票的老祖宗。

玩票是副业。要在从事主业的闲暇，花费时间和精力，并达到一定水准，确实有些难度。所以这个"玩"字用得相当妙。做好了，显得有水平，一旦不出色，甚至玩砸了，也能自嘲一句，只是玩玩而已。可见当初发明这个词的人相当聪明，像舟山老话头说的，"留根尾巴掸掸苍蝇"（给自己留条后路的意思）。

古人玩票比较单一，以上台唱戏拉二胡居多。玩票发展到现在，品种之丰富，把手指、脚趾都算上也掰不过来。人气指数最高的首推"炒"字辈：炒股、炒房、炒黄金、炒煤炭、炒名气……凡是能炒的都被他们拿来下了锅，以前还有炒批文的，现在据说连蒜、豆都有人炒，不知炒了以后是不是可以直接端上桌开吃了。这里面也不乏炒成专业选手的佼佼者，但大多数还是在业余线上苦苦挣扎的玩票人。他们的情绪经常被炒得大起大落，至于他们的主业，汗，既然说玩票，咱就不提什么主业了。玩票玩得出色的还有"秀"字辈：秀才艺、秀个性、秀身材，如果光秀这些还不过瘾，就秀隐私给大家看。好在现在的电媒、网媒、纸媒……这么多媒体正愁没东西填充呢，恰好为"秀"字辈提供了广阔的展示舞台，让大家秀得称心、看得开心。

散文随笔 第一辑

另一群玩票的人就相当恶劣了。当公仆的玩票当起了老爷、当公民的玩票变成了杀手、当医生的玩票玩成药品推销员、生产食品的玩票生产毒药……被他们这么一玩，老百姓就不好玩了。

玩票原本是个好事情。一些人囿于职业的限制不能做自己喜欢的事，玩票给他们提供了发挥才智和找回自信的渠道。据说世界上最幸福的人不是全球首富，也不是政界首脑，而是可以做自己喜欢做的事，并靠这个技能养活自己的人。但这样的幸运者并不多，何况现代人的兴趣多呈跳跃式转移，去年还崇拜维塔斯，今年可能就喜欢左小祖咒了。所以，以 1+N 模式，将主业和玩票有机地结合起来，不失为一种聪明的选择。

但玩票的切记：玩票亦有道，一要走正道，二是主业不能忘。这可不是闹着玩的，这是关乎一个人的责任心和人品的大事。

杨梅

杨梅是水果中的昙花，惊艳的时间屈指可数。

舟山的晚稻杨梅更具大牌风范，千呼万唤出了场，刚露个小脸，还没等大家哑够味呢，就匆匆地谢幕，空留一大批铁杆粉丝在台下流口水。要想再见它那红得发紫的小脸蛋，就得等上漫长的一年。

瞬间很精彩，刹那即永恒。很多令人觉得珍贵的东西要么极为罕见，要么稍纵即逝。玉石美钻虽然也是石头，但普通人就是把眼睛进化成聚光灯，也找不到一粒，所以才尤显珍贵；又譬如世界杯，即便从十岁看到九十岁，一辈子也只能看二十次，所以球迷们宁可通宵不睡，也要瞪着兔子似的红眼睛守在电视机前。设想一下，若这地球上玉石美钻遍地都是，硌得人脚疼，那它肯定还不如泥土值钱，泥土好歹还能种粮食填饱肚子；若电视台只有一个频道，让梅西、卡卡们天天带球在眼前晃，估计大家就不拿球星当回事，宁可去追捧插播广告里跳草裙舞的脑白金大妈了。

人们将杨梅定位为珍果也是符合这个规律的。刚刚还呼朋唤友赴杨梅山，看红玛瑙似的果儿挂满了枝头，摘也摘不完似的，没几天，就像被龙卷风刮跑了，只剩下满眼的绿。所以在舟山，晚稻杨梅的出镜率比任何水果都高。从青涩涩挂在枝头开始，直到未被摘净的杨梅们"零落成泥碾作尘"，一直被各路媒体念叨来念叨去，成为每年这个季节当之无愧的热门话题。

杨梅的风光让我不由得想起另外一种水果。当年，杜牧一句"一骑红尘妃子笑，无人知是荔枝来"的诗句，使得荔枝流芳千古，名气比杨梅还大得多。荔枝的跨世纪持续走红当然有很大部分得益于它受到了著名美女杨玉环的青睐，应该算是中国较早的借名人炒作的成功案例。

然而，名扬天下也好，默默无闻也罢，又何曾是杨梅和荔枝所愿意选择的？连杨玉环也料不到，她的荣耀竟如流星，转眼就陨落了。有很多事，其实我们别无选择，比如生，比如死。

那日去杨梅山，喧哗已过，剩下数颗无人理睬的小红梅在枝头晃荡，却也悠然自得。面对命运这个难以捉摸的玩意儿，抗争是一种玩法，学会坦然面对，也不失为生存的大智慧。

叶公

叶公因龙而出名。

龙是中国神话中的灵异动物,上天入海,翻云覆雨,无所不能。龙还是中华民族的图腾和象征,即使离开国土千里万里,华夏儿女们仍然骄傲地称自己是龙的传人。所以,在咱们中国,龙拥有数不清的粉丝。

叶公是春秋时期的楚国人,按现在的说法,属于龙的骨灰级粉丝。故事里说,他在家里的所有器具乃至墙上都画满了龙,天上的真龙听说后,很感动,就满心欢喜地屈尊前来拜访,想会会这个千古难觅的知音。没想到叶公看见一条龙真的趴在自家的窗台上,立马吓得魂飞魄散、落荒而逃。

这对龙也是个不小的打击吧?怪不得后来的崇拜者们,再也无缘一睹龙之真容。若说叶公原本就不喜欢龙,是假装喜欢,此话冤枉!种种迹象表明,叶公真的爱龙。只不过他爱的是画上的龙、想象中的龙。经过艺术加工和人类思维再创造的龙,本来就跟真的龙不一样。

很多时候,我们都是叶公。那些厌倦了钢筋水泥的丛林,向往乡间绿色旷野、明月清风的人们,总也下不了决心真的搬到乡下去住;那些守在电视机前看偶像剧,被富家女爱上穷小子、灰姑娘嫁给白马王子的故事感动得涕泗交流的母亲们,一旦自己的儿女真找了个穷人家,立马就变了脸,成了剧中她最讨厌的那个棒打鸳鸯者。

不由得想起电影《甲方乙方》里那个当红的大牌明星,她讨厌戴墨镜出门、被粉丝包围、被狗仔队跟踪,尝试着做回一个普通人。而当她有一天真的被人遗忘的时候,她是多么怀念在镁光灯下被聚焦的感觉;还有天天吃龙虾吃得反胃的尤老板,哭着喊着要到贫困山区去过一把粗茶淡饭的健康生活。结果呢,我们看到一个胡子拉碴的男人天天坐在窑洞前,望眼欲穿。他在盼什么?盼汽车快来,把他接到饭店天天吃大餐。

他们确实真心向往过不一样的生活,但最终却沮丧地发现那并不适合自己!就像模特儿身上那件华美的衣服,一旦穿到自己身上,才发现根本不是一回事儿。

人既需要可以实现的目标,也需要天马行空的梦想,又何必苛求把每一次梦想都变成现实呢?那条龙,若待在天上不下来,就是叶公心中一辈子美好的梦。下来后怎么着?"吧嗒"一下,就把那个梦打碎了。

中奖

人生的很多际遇,就像彩票中奖。

这话肯定有人不爱听。买彩票是碰运气,人生是多么重大严肃的话题,又岂能当作儿戏。

从小到大,我们被告知了太多的因果关系:学习好是因为肯努力,会画画是因为爱观察,身体好是因为勤锻炼,品德好是因为受教育,总之,"牙好,

胃口就好"！

不能说这些话没一点道理。凡事有因就有果,有果必有因,原因和结果之间存在着许多必然的联系。但这些联系却不是唯一的,换言之,一个结果的产生可以缘于很多因素,而其中的一些因素,就像彩票中奖,具有极大的天然性和偶然性。

钱钟书过目不忘的超常记忆能力、李白醉酒当歌的绝佳诗意才华、莫奈捕捉色彩的完美艺术触觉、莫扎特四岁作曲的非凡音乐才能、卡夫卡天马行空的神奇文学想象、比尔·盖茨有如神助的财富经营理念……事实证明,这些能力中包含着很多人穷尽毕生之努力也无法企及的天赋,除了眼红、佩服、崇拜、嫉妒,我们别无他法。

不过也不必太沮丧。尽管能中这样超级大奖的人,确如凤毛麟角,但事实上,世界很奇妙,每个人都不知不觉地中过许多奖,中奖面之广、奖项之繁多,超出我们的想象。有人出生富贵、有人天生丽质、有人巧遇伯乐、有人一见钟情、有人天性淡泊又正好寻了个自在清闲的职业……这些幸运,不是中奖又是什么?

突然想起一则报道,一外国老太,活到一百一十五岁。按理说她该好好总结一下她的长寿经验,平时爱吃什么,不爱吃什么,喜欢什么运动,不喜欢什么运动,然后出一本《老不死的秘诀》之类吸引人眼球的畅销书,搞不好还能弄个保健品代言,站在屏幕前,朗朗地告诉大家:吃了×××,腰也不酸了,腿也不疼了,说话也更有劲了。可老太太面对采访她的记者,只说了一句话:我不过是中了基因的彩票而已。

老太太真是个明白人儿。

天生的矮个子,再怎么努力也赶不上姚明,又何必要赶呢? 咱不比篮球打乒乓球比试比试,指不定能把姚明打个落花流水。

人生最悲哀的事,莫过于自己中了奖,却视而不见,只知道盯着别人手里的奖券。

其实中奖这事,每个人都有,信不信由你。

包装

买椟还珠这个故事其实很有意思,里面的两个当事人之所以一直被讥笑,只是因为事情发生在古代。

战国时期,一楚国人要到郑国卖珠宝,就精心制作了一个盒子。盒子有多精致呢?看看下面的描述就知道了:以木兰之柜,薰以桂椒,缀以珠玉,饰以玫瑰,辑以翡翠。一郑国人见了爱不释手,掏钱买下,却把里面的珠子还给了楚人,因为人家看中的并不是珠子,而是盒子。

那时候,大家一致认为那个郑国人很笨,有眼无珠,竟然用珍珠的价格买了个毫无用处的木盒子。当然那个楚国人也够傻,本末倒置,明明要推销珍珠,却做了一个神马盒子喧宾夺主,结果出了洋相。

一次如此完美的营销和目光长远的投资,却被作为又笨又傻的反面教材,只是因为战国时期的人们不懂,什么叫包装。

如今,通过对产品的成功包装,来增加商品的附加价值,实在是件太稀松平常的事。不信,你去超市或药店随便买一盒营养品,比脑袋大得多的盒子,拆了包装后里面的东西比眼珠子还小。还有前些年的一些中秋月饼,富丽堂皇:以红木之柜,薰以香水,缀以手表,饰以洋酒,辑以翡翠。一看就抄袭了楚人的创意。这样的月饼,标的是天价,里面的月饼,倒可以忽略不计。不如学郑人,把盒子留下,把月饼还给厂家算了。

散文随笔

第二辑

这么看来,楚人和郑人可以算得上是一对极具超前意识的设计师和收藏家。楚人通过产品包装,成功推销掉商品,并赢得了一颗珍珠的额外利润。郑人则独具投资眼光,在他的眼中,一颗平庸的珍珠在一件精美的艺术品面前简直是一文不值。他们联手成功完成了史上最具戏剧性的营销案例,不但获得了双赢,还名留千古。

真是天才!我甚至怀疑,难道他们是穿越到古代去的现代人?试想一下,两个人策划好穿越到古代,花了区区制作一个木盒子的成本,制造了一个典故,然后回到现代,再把那个木盒子拿出来,这是买椟还珠里的椟,果然价值连城,从而创造了史上最高的利润。

再转念一想,也不对。如果是现代人,不会只顾包装商品,不包装一下自己。那两个人,只以楚人、郑人相称,连个名字都没留下。若是现代人,早把自己炒得名扬天下了。

看来,是我多心了。

被科普

读书的时候,一看见化学元素就头大。幸亏咱们中国的语言文字相当丰富,竟然可以把"纳镁铝硅磷硫氯氩"转化成"那美女桂林留绿牙",借此,总算战战兢兢熬到高中毕业。

出了校园,发现我的周围既没有试管,也没有酒精灯,神奇的化学溶液更是难觅踪影。渐渐地,那些化学元素重又变得陌生,一开始,先把美女在哪儿留的绿牙忘了,再下去,牙齿到底是啥颜色的也忘了,最后,连那美女也记不得了。

平心而论,咱们国家在大力普及科学知识上十分给力,一本《十万个为什么》,风靡大江南北几十年,让很多孩子从小就知道了鱼会不会睡觉、蜜蜂怎么采花蜜、为什么每个人都有肚脐眼这些有趣的问题。其实我们知道这些知识已经够了,至于枯燥的化学元素,不记也罢。

总以为,这辈子将彻底与化学元素无缘,总以为,它们离科学家很近,离我们很远。近些年,我惊异地发现自己的化学知识竟有死灰复燃之趋势,且知识量日见长进。

先是知道有一种化学染料叫苏丹红,后来,又知道还有一种孔雀绿,一红一绿,分别潜伏于我们食用的一些肉类和鱼类中,分工明确,相映生辉。

若说这两种化学品以其极具色彩感的名称取胜,因而给我们留下深刻印象的话,那么苯二胺和二恶烷大概是因为添加在部分洗发水产品中,而直接通过头皮进入了我们的大脑。

当然,我们学得最多的还是食品类的化学知识,因为头可以几天不洗,食物则一天不吃饿得慌。我们知道了竹笋用硫黄和工业盐熏制一下就能长期保鲜;还知道那种学名叫甲醛次硫酸氢钠,小名叫雕白块的玩意儿加在腐竹里可以使其口感变好,所以原来添加焦亚硫酸钠的红薯粉条也迅速技术升级,改用雕白块做增白剂;

央视的每周质量报告在成功打造了有质量生活的同时,大量地普及了化学知识,成为继《十万个为什么》以后最具影响力的大众科普平台,受到公众的广泛拥趸。

如今,大众的科普水平又突飞猛进,开始关注诸如核辐射之类高端的科技话题,真正做到了"风声雨声读书声,声声入耳;家事国事天下事,事事关心"。

地球的敌人

最近,地球似乎闹起了情绪,动静还相当地大。

按理说,这样的庞然大物,该控制好自己的情绪。它一个呵欠,飓风呼啸;打个喷嚏,火山喷发;吐个唾沫,波涛汹涌;若怒吼一声,更不得了,唉,又震了!

地球的脾气越来越差,那么,究竟是谁惹毛了它?

别的星球? 不可能。太阳系星球虽多,但向来井水不犯河水。最近的月球也相距40万千米,没见它们串过门,况且月亮恬恬淡淡的,看上去很温柔,应该不会有什么是非口舌。

豺狼虎豹? 也不可能。它们无非在草原森林练练跑步撒撒野,饿了弄些牛羊猪马吃,不会惹地球大动肝火。

山川河流? 更不可能了。亿万年来,它们一直安静地恪守本分,该矗立的,一直坚守岗位立在原地。该奔腾的,不辞辛苦,日夜兼程。何况它们用美丽的色彩装扮着地球,地球又有什么理由生它们的气呢?

掐着指头算来算去,能成为地球敌人的,只有人类了。

人类原本是地球生物史上的奇迹,有野心、有自信、有智慧、有行动,近乎完美。刚开始人类和其他生物一样,只能凭天赋的体力获取食物、延续生命。但自从人类开始制造各类机械,并逐步升级后,地球就不得安生了。如今,聪明的人类可以操纵着比自身大千万倍的工具用来钻天挖地,把地球唬得一愣一愣的。

这么多年来，人类为了自身的生存和发展所做的每一次努力，可圈可点，可歌可泣。但人类的每一次庆功、每一声欢呼，于地球而言，都是一场劫难。

它当然会生气！人类挖水井、挖油井、挖隧道，把地球挖得千疮百孔；人类伐树木、采石料，硬把地球剥了一层皮；人类造的汽车、轮船、飞机，像长在地球身上的跳蚤和虱子，闹得地球心神不定、烦躁不安。最可恨的是人类之间争来斗去，光肉搏不过瘾，还发明了枪炮火箭、鱼雷导弹，那些玩意儿一炸就一大坑，一轰就一山头，把地球给连累得不轻。

敢情，咱人类真没把自个儿当外人，把地球当成了私有财产。地球是我家，俺想干啥就干啥。

迄今为止，地球一直没说话，没发表自己的看法。但聪明的人类曾经说过一句话："不是在沉默中爆发，就是在沉默中灭亡。"

这两种结果，想想，都很可怕！

过年

传说中，年是一头怪兽。过年时，人们聚在一块儿，又是挂对联，又是放鞭炮，目的只有一个，就是把怪兽赶跑。

我觉得这个传说还挺靠谱的。

年，可不就是一头怪兽吗？它吃人！不过同那些胡吃海喝的怪兽比起来，它表现得颇有耐心。慢慢地熬，细细地品。每过一年，人们在世上的时

间就不知不觉少了一截,最后,时间被它吃得精光,人只好入土为安,去另一个世界混了。

那天,瞄到一篇文章的开头,上面写道:盼望着,盼望着,年的脚步终于近了……就凭这个盼字,可以确定、一定以及肯定,这文章准是小孩子写的。

小时候天真,未能识破这头怪兽的真面目,觉得过年好喜庆啊。压岁钱、好吃的、新衣服、走亲戚、玩游戏……把这些元素都搁在一块儿,小孩子不喜欢才怪。

直到当家做了主,才知道这怪兽够狠,不但吃时间,还大把大把地吃钱。过个年,人累得要命,钱用了不少,还老了一岁,真是不划算。所以,但凡拖家带口的成年人,一到过年总会叹上几句苦经,一叹时间过得真快,转眼又是一年;二叹年关临近,单位的、家里的事儿像小山包一样堆积起来,让人心烦意乱。

叹归叹,可一到过年的时候,这满世界的喜气,还是洋洋洒洒温暖着寒冷的冬天。因为有太多的理由,让我们烦并快乐着。

过年是一把闪光的利剑。新年的钟声一响起,立马把旧年切到了过去。人们忙活了一年,正好有些倦了、厌了,一剑下去,乱麻斩立决。

过年是一个崭新的路标。新的计划、新的开端,指向春意盎然的前方。不管过去的一年是顺流逆流、好运歹运,新的一年总是充满了未知的希望。

过年是一场透彻的春雨。冲刷掉一年的积尘,窗明几净,心情也随之豁然开朗。

过年是一声团聚的号角。漂泊在外的人归心似箭地往家赶,老老少少,同聚一个屋檐下,共享天伦,其乐融融。

过年是一条温馨的丝线。一次聚会、一张贺卡、一条短信,让平日里因繁忙久未联络的朋友在同一个时刻相忆相知。

过年是一处平静的港湾。喝个小酒、睡个懒觉、聊天打牌、出去逛逛……绷紧的神经在过年时松懈,忙碌的脚步在过年时放缓。

年味重了,怪兽又近了。珍惜吧,这每一段即将被吞噬的光阴。

节日

　　老祖宗留下来的许多节日，经过一次次的改朝换代，已被修剪掉枝枝蔓蔓，只剩下光秃秃的躯干，从而失去了由饶有趣味的民俗和繁复琐碎的程序所构筑起来的美感，沦为大家饕餮一顿的理由。有时候，甚至连这仅有的节日宴也省略了。

　　这当然是正常的。

　　社会进步的过程就是一个新陈代谢的过程，代价就是原有的秩序被破坏，原有的用具被替代。有了电灯，蜡烛和油灯消失在夜色之中；有了拖拉机，牛儿终于脱离了耕作的负累；有了桥，坐渡船的人日渐稀少；有了汽车，马帮没了用武之地；有了伊妹儿，鸿雁哥哥面临着下岗的窘境……

　　那么，替代了传统节日气氛的，又是什么呢？

　　那些考究的祭祀用具，在古玩市场也已难觅踪影；科学的普及使神灵的传说渐渐失却了令人敬畏的效果；鸡鸭鱼肉并非过节时的特供品了；主妇们解下围裙穿上了职业装；电影电视、酒吧歌厅、电玩健身……娱乐无处不在，节日的吸引力被大大地削弱。

　　幸好还有商家铺天盖地的广告，什么汤圆买一送一啦、月饼换了新包装、粽子添了新品种，提醒我们又快过节了！

　　倒是西方舶来的洋节，这些年有愈演愈烈之势。

散文随笔 第一辑

一到 12 月,那个穿着大红袍的白胡子老爷爷,在中国的街头巷尾到处装点着门面。2 月 14 日,浪漫的故事竞相上演,玫瑰告急,各家花店赚得盆满钵满。4 月 1 日那天,捉弄人的理直气壮,被捉弄的也不急不恼,大家都用怀疑的眼光看待这世界,因为这一天是愚人节。

我不赞成将过洋节一律斥之为崇洋媚外或数典忘祖。这跟见一个国人进了西餐馆,就认为他背叛了中国饮食文化一样荒唐。

只有当我们真切地体会到某个节日对于我们的特殊意义,才会真正地喜欢它。母亲和游子之所以喜欢春节和中秋,因为它代表着合家团圆。特别喜爱圣诞节的孩子,肯定在那天收到过美妙的礼物。而那些非要在情人节厮守在一起的男男女女,更看重的是对恋人这个名分的确认。

有趣的是,情人节到了中国后变了味道,成了一些家庭和婚外恋抗衡的平台。据说近些年的情人节,很多人热衷于玩猫捉老鼠的游戏,还大大地促进了私家侦探市场的蓬勃发展。

不管你承不承认,这真的不是节日惹的祸。

境界

"参禅之初,看山是山,看水是水;禅有悟时,看山不是山,看水不是水;禅中彻悟,看山还是山,看水还是水。"这段话,是宋代禅宗大师青原行思提出的参禅三重境界。

此话虽然有点绕,但内中大有玄机,据说可推断为人生的三重境界:第一阶段懵懂无知,第二阶段雾里看花,第三阶段返璞归真。

自从读了这段话,往日里那些稀松平常的山山水水便变得缥缈起来,大有向山不像山、水不像水的方向发展的趋势,让人不知道自己到底是聪明了,还是更糊涂了?

星云大师说过,禅最直接的方式,就是从生活上去实践,衣食住行处,无一不是禅。这么说来,就不对着山水瞎琢磨了,还是看看现实生活中的那些神马事吧,倒确实能悟出一些境界来。

比如说说吃这个事吧。

最初的时候,我们以为,只要是菜场里卖的、商场货架上放的、酒店里端出来的食品,都是能吃的。那时候,我们很单纯,除了偶尔检查一下包装袋上影影绰绰的保质期,其余的一概不论出处,买来就放心地往嘴里塞。这是第一重境界。

到了后来,我们才知道:原来大米是可以打蜡的、猪肉是可以注水的、火腿是可以抹敌敌畏的、粉丝是可以放吊白块的、蔬菜是可以喷大量农药的、酱油是可以用毛发做的、白酒是可以用工业酒精勾兑的、奶粉是可以用淀粉做原料的、土鸡蛋是可以用染料喂出来的、炒菜是可以用地沟油的、火锅底料是可以用化学添加剂调制而成的、做蜜饯的工人是要戴防毒面具的……我们吃神马的时候,它既是神马,又不是神马。此乃第二重境界。

当所有神马似乎都无从下口的时候,我们终于彻悟了:神马毒大米、神马地沟油、神马化学锅……与饥饿相比,都算不上神马。更何况,在食品市场久经考验的国人们,早已练就了一个百毒难侵的肠胃。据说用废弃皮具炼制而成的明胶和人造蛋白添加剂已悄悄而又广泛地进入食品链条,被掺入一些牛奶、果冻、火腿肠、糖果中。其实这也算不了什么,三聚氰胺都吃得,臭皮鞋有什么吃不得?想当年,红军万里长征爬雪山、过草地时,不也吃过皮鞋和皮带吗?若能这么想,恭喜你,已达到了第三重境界!

悲哀而又无奈地问一句:今天,你吃了吗?

旅行的意义

如果纯粹从出外远行这个概念来定义旅行,其本身是没有多大意义的。无非就是一个或 N 个人从居住地出发,到达另一个目的地的过程。

但事实上,每一次旅行的背后都有或明或暗的动机,或迁徙移居,或走亲访友,或开拓事业,或科研考古,或赶考求学,或游山玩水……即便是一次漫无目的的旅行,漫无的只是目的地。那些走到哪里算哪里的旅行者,其出行的驱动力往往比寻常人更胜一筹,上升到了诸如探寻地球真相或人生意义的哲学高度。

旅行这件事自古有之。当然古时候的旅人非常辛苦。那时候交通工具原始,旅行基本靠走,以马代步在唐朝之后才渐渐普及。旅人还得自行带上柴米油盐、铺盖雨具、锅碗瓢盆这些累赘上路,不然若脚力不济,不能及时赶到村镇驿站,到了前不着村、后不着店的荒郊野岭,就会面临吃不着饭、睡不了觉的境地。所以,古代参与旅行这种活动的人少之又少,主要集中在两大类,一类为争名逐利,如外出经商的商人、进京赶考的秀才;另一类则为怡情养性而出行,如名人雅士、云游僧人。若论旅行的意义,第一类人,促进了社会政治经济发展,推动了人类物质层面的进步;第二类人,留下大量诗词歌赋,丰富了人类精神层面的享受。

如今的旅行,依托先进的海陆空交通工具,路线冗长、种类繁多。一般人只要有时间有盘缠,拔腿就能出发,短期内到达遥远的地方不再是奢望。旅行的意义,也变得更加多元。人们坐着汽车、火车、轮船、飞机出行千里万里,可以仅仅只是为了看一眼油菜花、吃一顿美食、听一场音乐会或追一个女孩子……更多的人,则热衷于参加旅行社组织的团体旅游。这种旅游方式,用相对短的时间、相对少的金钱,让人们到达更多的地方,也使旅行成为一种大量批发的流水线作业。"坐看敬亭山,相看两不厌"的悠闲已不复存在,剩下的只有到此一游、拍照留念的快餐式消费。

从广义上说,人生也是一场旅行。我们加入,然后离开。有意思的是我们并不知道自己会在什么时候以哪种方式离开,也不知道旅途中会碰到哪些旅伴。

路可以很长,也可能很短。愉悦自己,善待旅伴,旅行的意义,大抵如此。

南北

先讲个故事。

话说古代有个人,姓名不详,我们姑且叫他某甲。他想去楚国,就坐上马车,一路向北。途中遇见一个爱管闲事的路人乙,听后大吃一惊:"你走错啦,楚国在南方,你怎么能往北方走呢?"某甲说:"没关系,我马好、钱多、车夫棒。"这个固执的人不管路人乙再三劝阻,还是继续坐着他的马车往北方扬长而去。

后人根据这段故事,概括出一句成语:南辕北辙。站在路人乙一边,对某甲的行为做了个点评,总体认为这人比较愚蠢,行动和目标完全不一致,所以他马越好,钱越多、车夫越棒,只会离楚国越来越远。

其实这个故事只讲了一半,某甲后来到底怎么样了呢?让我们不妨来设想一下。

结局一:某甲风尘仆仆,一路舟车劳顿,历经千辛万苦,终于发现自己真的离楚国越来越远了。这时候他突然想起路人乙苦口婆心的忠告,终于幡然醒悟。回头是岸,某甲立马掉头往南走,顺利到达了楚国。从此,他对路人乙感激不尽,年年提着好烟好酒上门拜年,说起当年,他总是热泪盈眶:"多亏您当初循循善诱,不然我到现在还是一只迷途的羔羊。"

结局二:某甲风尘仆仆,一路舟车劳顿,历经千辛万苦,以自动提款机般的财力和愚公移山般的毅力,终于在若干年后的某一天到达了楚国。从此,某甲的大名远扬天下,全世界人民说起他,就跟我们现在说起麦哲伦似的,如雷贯耳。他成了全球首个完成环球之旅的达人,并从而证明了地球是圆的。

结局三:某甲风尘仆仆,一路舟车劳顿,但见一路风光秀美,景色宜人,不由得痴迷于其中。他忽然觉得去不去楚国已经不那么重要了,人生苦短,何不就此徜徉于山水之间,做个行踪飘忽不定、自由自在的旅人呢?若干年后,旅行家某甲横空出世,与徐霞客齐名。当然,他也到过楚国,但已经无所谓朝北还是朝南了,楚国,不再是他的目的地,只是他路过的一处风景而已。

结局四:某甲风尘仆仆,一路舟车劳顿,当他经过北方某国时,竟然遇到了一个心仪的姑娘,两相情悦,结为连理,他忘了去楚国的事,从此安定下来,过上了幸福的生活。

是的,楚国在南边,但我们真的非往南边去吗?

塞翁

初看,那老头真是料事如神。

有一次,他家的几匹马没拴牢,跑了。邻居们过来安慰,老头满不在乎地说:谁说这不是件好事呢? 过了些日子,他的马不但回了家,还带来几匹野马。邻居们又过来庆贺,老头仍是那副淡淡的腔调:谁说这不是件坏事呢? 果然,没过几天,老头的儿子因为骑野马摔断了腿。邻居们又过来安慰,老头一如既往地没心没肺:谁说这不是件好事呢? 过了一年,边境燃起战火,大批青壮年被征兵役战死疆场,老头的儿子却因腿疾躲过一劫,伴老头在家颐养天年。

故事说到这里,已经用不着再说下去了,几经转折后,人生哲理已悄然浮出水面:"福兮祸所伏,祸兮福所倚。"所以,有喜事莫高兴得太早,有祸事也不必过于惊惶,学学塞翁,淡定,淡定,再淡定,终会拨开云雾见月明。

再看,那老头有点不近人情。

那些邻居又是锦上添花,又是雪中送炭,充分展现了和谐社会温馨的邻里关系。可塞翁非但没有呈现出一个宽厚的主人和长者应有的诚恳态度,来回应邻居们的爱心和关怀,反而瞎显摆,装出一副未卜先知的样子,往热心的邻居们头上泼了一勺冷水。倘若别人家有了大喜小难,塞翁也轻描淡写地拿出他的祸福论来应对,往轻里说,是不懂人情世故,往重里说,就有破

散文随笔
第二辑

坏和谐之嫌疑了。

人生是个曲线图，起起伏伏，这道理谁都懂。但旁人遭了难，非但不陪着掉些眼泪，反倒轻松地说:谁知道这不是件好事呢？挨几个耳刮子算是轻的。同样，旁人有了喜事，自然是要大着嗓门祝贺一番分享喜悦，如果一脸怪相神秘兮兮地说:谁知道这不是坏事呢？即使不挨耳刮子，也会让人鄙视，说你就是那头吃不到葡萄说葡萄酸的狐狸。

又看，那老头毕竟勇气可嘉。

当大家都说 YES 的时候，他敢说 NO；当大家都说 NO 的时候，他偏说 YES，这是需要勇气的。

历史的教训告诉我们，坚持自己的观点可能招来很多麻烦。布鲁诺被烧死了，因为当大家都对地球是宇宙的中心深信不疑的时候，他坚持说不。鲁迅当年因为拿文字当匕首、当投枪，不得已动用过一百七十九个笔名。

失马常有，塞翁不常有。和谐社会若能多几个塞翁，时不时泼点冷水，说说反话，谁说这不是一件好事呢？

无盐的结局

发生在日本的一场灾难，极大地促进了我国盐业事业的发展，这是许多人始料未及的。

事出，当然有因。日本里氏九级地震导致福岛县核电站反应堆发生故障,继而引发核泄漏。许多中国公民因此产生恐慌心理,生怕核辐射危及我国。正在此时,不知从何处传来消息,一称碘盐可防核辐射,二称海水将遭受污染。这两大因素,导致全国各地食盐在短期内纷纷脱销,成为继板蓝根、大蒜、绿豆、奶粉之后又一被大量抢购囤积的紧俏物资。

当然,盐是抢不完的,仓库里多的是。所以一拨抢盐潮过去后,出现了不少"退盐族",拿万儿八千一平方米的房子囤盐,一囤还得好几年,想想真是不划算。其实也用不着后悔,有盐的结局总比无盐的结局强,毕竟盐是人类生活必需品,没有它,我们的生活就变得没有滋味了。

与超市货架上食盐急剧下降呈反比的,是网上关于食盐话题的急剧上升。有人一"盐"难尽,有人无"盐"以对,有人感慨:随着豆你玩、蒜你狠、姜你军、糖高宗之后,盐王爷终于来了。有人彻悟:世界上最痛苦的事,是辐射来了,盐没了;世界上最最痛苦的事,是辐射没来,盐买太多了;世界上最最最痛苦的事,是人驹死了,盐没用完。

真的不要轻易说愚昧这个词,抢购在咱们国家如此风行是有历史原因的。从跌跌撞撞中一路走来的中国,地大人多物却不博,各种天灾、战争、动乱,使大家饱受物质匮乏之苦,安全感缺失的结果就是把能囤的东西都囤在家里,看得见,摸得着,才能放心。当然,谣言的制造者也充分体谅了大众的购买能力,豆蒜姜盐板蓝根,囤个几十百把斤一点问题都没有,若谁说只有黄金甲能防辐射,估计大多数人也只能选择坐以待毙了。

如今,舆论一面倒地指责讥笑那些抢购食盐的人,纷纷指责说盐荒子孙,竟然如此轻信谣盐,相比于大核民族的镇定,真是盐面何在? 我深不以为然。抢购食盐,虽然有其不理性的一面,但最起码有几大亮点,一是充分体现了咱中国人民热爱生活、珍惜生命的积极人生态度;二是快速检验了我们国家物资储备和应急供货的能力;三是集中展现了中国广大网民丰富幽默的创作水平。

地球上最爱折腾的是咱们人类,所幸,本次无盐的结局是暂时的,没有净土的未来才令人担忧。

散文随笔

让梦想照进现实

表妹从法国回来,讲了一个关于梦想的故事。她同事有个上大学的儿子,两年前,突然不想上学了,想实践他的梦想,出去周游世界。

这真是一个棘手的难题！平时,我们老爱拿年轻人的梦想说事,说什么梦想成就未来,有梦想就会有奇迹。现在,儿子把梦想放到桌面上了,替不替他圆这个梦呢？我猜想,这事若发生在我们身边,大多数的父母给出的答案会是 NO。当然,理由很充分。

首先是安全问题。孩子从出生到上大学,父母这一路的陪伴和呵护,不说无微不至,起码也是夏如风扇冬如暖炉。儿子长大离家上了大学,虽是依依不舍,毕竟还有老师罩着同学陪着学校关着。但他若要离开自己的视线,独自去未知的远方闯荡,满世界的风雨雷电、豺狼虎豹、骗子强盗……光是想象一下,就会随时受不了。

其次是前途问题。从学前班到高考,求学的路漫漫其修远兮,光试卷摞起来都有几米高。莫说学生本人,连父母也将自己半辈子的时间和小孩的学业陪绑在了一起。好不容易等孩子上了大学,隐隐约约看到枝头已经结出了小果子,不管将来这果子是甜是酸是涩,总之多年的辛苦即将获得回报,他却辍学云游去了。这让翘首踮脚、充满期待的父母情何以堪。

再次是经济问题。周游世界毕竟是一笔不小的开支,需要将大把的人民币换成美金、欧元、英镑、卢布、第纳尔……除了做老板、开煤矿、当"表叔"这样凤毛麟角的家庭可能会视这些小钱如粪土,大多数的家庭肯定难以承受这笔额外的费用支出。

尽管表妹的同事是法国人,但在爱孩子这件事上,天底下的父母都是一样的,都会为孩子的安全和前途忧虑。况且,表妹的同事是法国的工薪阶层,经济上并不富裕。

所以,我一边为表妹的同事发着愁,一边为表妹同事的儿子而担忧。按我的猜测,当父母的,一定会想方设法、软硬兼施,把儿子的梦想扼杀在萌芽状态。当儿子的,最好的结果是暂且把梦想打包塞在箱底,继续上大学做父母的乖乖儿子。如果碰到愿望过于强烈,不甘心梦想受挫的孩子,可能会因此叛逆,或者抑郁,甚至更糟。

可结果怎么着?人家竟然同意了儿子的选择。

他们夫妇给儿子买了单程飞往澳大利亚的机票。然后,任凭他们的儿子,孤身一人,在没有任何交通工具和路费的情况下,从澳大利亚回到法国,途经十几个国家,花了整整两年时间。这两年的旅途,肯定有喜悦,有悲伤,有陶醉,有绝望。我猜他们的儿子,不仅收获了梦想的美好,也深切体会到了实现梦想需要付出的代价。

我无法衡量梦想对于一个人来说到底有多重要,但我知道,如果没了梦想,我们每个人的生活都会千篇一律,了无新意。我钦佩那对夫妇的勇气,但我也理解更多父母的无奈。毕竟现实很骨感,许多梦想,就这么被挡在门外。我想说的是,千万不要把门关死,哪怕只有淡淡的一束光,让它照进来,或许有一天,你的孩子想去北极看企鹅,如果你没法满足他,最起码可以告诉他:南极北极太遥远,先到东极逛一圈。

网络时代的出头鸟

在网络尚未普及的年代,普通人想要在全国范围内出个名,不说比登天还难,最起码也跟登上珠穆朗玛峰的概率相当。当时,我们获知名人的途径,最主要的来源是教材,其次是纸媒、电视、电台这些官方媒体。而官方的特点就是必须保持正确权威,教材就更不能出岔子了。所以那个年代,我们所认识的名人,除了经常出境、混个眼熟的娱乐明星们,大多已处于盖棺定论状态。更何况,还有"人怕出名猪怕壮""枪打出头鸟"这样的古训,未触网前的名人,以被出名者居多。

网络时代初期,一些先知先觉的草根们开始蠢蠢欲动,他们在各大论坛或抛出奇谈怪论,或贴出雷人照片,成功地在广大网民的心目中留下了不可磨灭的深刻印象。其中尤以芙蓉和凤姐最为家喻户晓。和老祖宗预料的一样,这些出头鸟们不可避免地招来了相当密集的枪子儿。然而,这些坚强的草根名人早已练成了皮糙肉厚、金刚护体之功,连雷都不怕,就更不怕子弹了,所以他们非但没有中弹倒下,反而在枪林弹雨中茁壮成长起来,成为一举成名且傲立潮头屹立不倒的网络红人。

微博的出现,又一次引发了信息革命。微博以其呈几何状递增的信息传播方式,成为出头鸟们的风水宝地。微博的每一位博主都是信息传播源,将他们的所见、所闻、所拍、所写、所想、所议,通过麾下的粉丝队伍扩散开去,只要你的话题够吸引人,这种扩散将会无限制地延伸,粉丝量也会几倍、几十倍、几百倍,甚至几万倍地增长。

网上本没有热点,说的人多了便成了热点。好奇心是形成热点话题的强大推手。以前段时间风靡的中国好声音为例,其实有很多人原本是不看电视的,但每次一到周五的晚上,只要一打开微博,就能看到各种好声音铺天盖地,看多了,终于好奇心大爆发,捺不住打开了尘封已久的电视机,锁定浙江卫视。也许很多人没看到神一样的开始,只看到了神经病一样的结尾,但最起码,这档节目赢了,加多宝赢了。没有最热,只有更热,从中国好声音便可见一斑。

在微博上出名的,除了政客、明星这些本来就已经很有名的ID,还有一些原本名不见经传的意见领袖、专家学者,因其犀利的观点、渊博的知识迅速成为众人追捧的偶像。当然,还有很多无名之辈,只要足够有才,仅凭幽个默,时个尚,也能拥有众多粉丝。被出名出得不明不白的,是一些原本只是想在网上炫一下富,耍一下嘴皮的人,由于低估了微博的传播能力,一下子成为臭名昭著的反派角色,如郭美美之流。最有意思的,是一些可能并不上网的人,却在网上出了大名,并因此中枪倒地的。比如,那个一笑倾城的"表叔"杨局长,对于他来说,可怕的网络,就像张学友歌中所唱:你是一张无边无际的网,轻易就把我困在网中央。本来人家好好地当他的官,因为一张照片,一些帖子,就栽了。看似很冤,其实真不冤。

当然,微博时代,每天都有无数的信息层出不穷地冒出来,出名容易,被遗忘更容易。头一天还被网上热议的话题,第二天就立马冷却。没有一个话题,可以连续几天在热门话题榜高居榜首。要成为出头鸟,就需要不断制造话题,就如同鸟类不停地扇动翅膀。这样会很累,还随时有中枪的可能。

有人卖萌,有人暴丑,有人营销得利,有人中枪受伤。网络如此多娇,元芳,你怎么看?

你到底靠不靠谱

　　任何沉重严肃的话题，到了中国互联网上，只要能冒出一丝调侃的火花，就有可能演变成网民们的娱乐大联欢。比如最近，那个渐渐逼近目标时刻，事关地球毁灭乃至全人类命运的超级巨大、超级沉重、超级悲剧的话题，照样被网民们拿来毫不客气地搞成了玛雅体，在微博上迅速走红。

　　事情源于一个关于世界末日的传说。据说，充满神秘色彩的古代玛雅文明曾预言："2012 年 12 月 21 日黑暗降临后，12 月 22 日的黎明永远不会到来。"2009 年，好事的美国人根据这个传说拍了一部灾难大片《2012》，玄乎的构思和高超的特技，将末日到来的景象描绘得无比逼真。电影在全球播放以后，预言被广而告之，使末日说更加家喻户晓。

　　所谓"玛雅体"的基本句式是这样的："请问玛雅人靠谱吗？要是靠谱的话我就……"句式虽然相同，内容却是五花八门。有的说，靠谱的话就不期末复习不写年终总结了；有的想辞职不干周游世界去；有的打算把房子卖了然后把钱花个精光；有的准备天天胡吃海喝不再节食减肥注意形象……总而言之，要是玛雅人靠谱的话，他们就打算不靠谱了。

　　一个玛雅体，虽是玩笑，却让我们看到很多人理想中的生活与现实之间的差距。热衷于玛雅体的人们，似乎都盼星星盼月亮地盼着有那么一个末日，可以不管不顾，抛开一切，随心所欲地做自己真正想做的事。这个现象与前些日子一个关于压力测试的结果有一定的因果关系，据某机构的调查称,中国内地上班族在过去一年内所承受的压力,位列全球第一。压力过大的时候,人自然会萌生大量负面因子,想发泄、想消失,甚至想毁灭。

幸亏,对于大多数人,尤其是年轻人来说,不可知的未来才是希望所在,是人生最精彩的部分。我们从出生开始,所做的一切都是在为未来做准备。我们读书,我们工作,我们攒钱,我们买房……这个过程中有时候需要很大的勇气去承受和忍耐,因为我们觉得,前面的路还很长。事实上,谁都不知道下一秒会发生什么,但恰恰是这种无知,使希望一直都充满诱惑地存在着。那些以自我了断的方式决绝地离开这个世界的人,必定是对未来绝望的人。更多的人,只会对过去失望,对当下失望,却总是对未来抱有哪怕是只有一丝的期望。

所以,不必担心人们会将玛雅体付诸实践。该考试的还是会复习,该上班的还是会早起,因为我们都有一颗为未来负责的心。如果真的不顾一切,世界末日没到,自己的末日就该到了。

很多时候,我们喜欢在靠谱与不靠谱之间摇摆,说得不靠谱,做得很靠谱,或正好相反。这其实是我们大多数人现实的生活。

假装相信你

万众瞩目的 2012 年 12 月 21 日终于平安过去,令许多人莫名兴奋的末日游戏就此终结,尽管有没玩够的杜撰出一条消息,说因技术故障,地球末

日程序推迟执行,毁灭时间另行通知。但这条消息只能逗人一乐,终究已掀不起新的高潮。

玛雅人曾出来辟过几次谣,但显然没什么用。原本就不信的人,早就因为……所以……科学道理……说了一大堆末日未到的理论依据。而死心塌地相信传言的人,则比较吃亏,有抢购了一大堆蜡烛的,有躲在地下室惶惶不可终日的,更有变卖了家产捐出去数百万的。还有那几个买了山寨版挪亚方舟的富豪也挺让人操心,虽说人家不差钱,但末日过后,这么个庞然大物放在家里也挺闹心吧?原本是众人皆危独我安然的保障,到头来却成了无用的累赘。山寨方舟既不能开着上马路,也不能下海当游艇玩,若说还想有点用,除非开展览供闲人参观。

更多的人,则假装信了。

有人以末日为由,呼朋唤友大撮了一顿好吃的;有人以末日为由,血拼了一大堆平时不舍得买的东西;有人以末日为由,休假去心仪的地方旅行;有人以末日为由,向心爱的人表白求婚;还有公司以末日为由,给员工放假并发末日遣散费,引得惊羡声一片。更多的人,则选择在12月21日晚上和最在乎的人守在一起,直到22日零时的钟声响起。然后,庆幸互贺,宛若重生。

假装信,其实就是不信。无非是大家需要这么一个末日,来表达对世俗生活的诸多不满或是诸多不舍。

《2012》试图在传说的末日前再吸一桶金,特意在12月推出了3D版,却没赢得几多反响。倒是两部同时上映的大片,给人以末日般的震撼。《1942》里那犹如人间地狱般的绝望感觉,即使坐在银幕之下观看也令人备受煎熬。《少年派的奇幻漂流》则在美仑美奂的镜头背后,折射出在特殊环境下人类强烈得近乎残忍的生存欲望。对于大多数人来说,这种基于最原始的饥饿所带给人类的创伤,这一步一步挪向死亡的感觉,远比天崩地裂一瞬间趋于灭亡的末日更为残酷。

所以,人们可以拿虚无的末日开玩笑,可以玩纪年体,调侃自己将于

2012 年 12 月 21 日死于无船票，却不忍提及那些真正的饥荒岁月，一提及，必是唏嘘一片，心有余悸。

接下来的日子，怕再没有世界末日那么大的话题可供娱乐了。好在大千世界每天都有层出不穷的新闻供我们猎奇，有些事可以信，有些事可以不信，有些事可以假装信，有些事可以假装不信。就像央视的幸福调查中，有人说幸福，有人说姓曾，说的是不是真话倒无关紧要，看电视的人信不信才是关键。

转眼又是新的一年。传说中的 2012 过去了，我很怀念它。

踏雪寻古西安行

对西安，一直怀有敬畏之感，以往数次选择，我都刻意避开了这条旅游线路。西安的历史太厚重，像去面谒一位深不可测、庄严肃穆的长者，心内忐忑，不知如何应对。

此次西行，天降大雪，原定的延安壶口两个景区无法成行，让我得以在西安多做两日停留。虽仍是走马观花，但至少多领略了些许秦风唐韵，甚至还能让我像个无所事事的闲人般，坐在公园的长椅上，塞个耳机，听着音乐，看雪如毯、落英如花，似乎可以感觉到时光如水般，从我跟前缓缓流过……

秦唐古韵

用"韵"字来形容西安似乎太纤弱了,西安是大气之美,兵马俑、乾陵、法门寺、古城墙……无不显露着秦唐盛世泱泱磅礴之态。只有华清池,因着杨贵妃的传说,平添一股如温泉般柔美妩媚的风韵。

兵马俑位于距西安三十七千米的临潼区,是西安最负盛名的景点,尽管事先已看过不少图片和介绍,但亲临现场,仍然震撼!我相信这一排排矗立的陶俑是有生命的,在他们被塑造的那一刻,那些伟大的工匠已赋予了他们不朽的灵气。所以,他们才会如此威武、栩栩如生。可惜这只是一个景点,游客和景观之间的空间是被阻隔的,我只能远远地观望,而无法近距离地站在他们面前,感受如风沙般扑面而来的苍凉。在一个购物点看到一位老农,抽着一根长长的烟斗,看上去气定神闲,在游客购买的一本本画册上龙飞凤舞地签上他的大名:杨志发。据导游介绍,就是他在打井时偶然发现了秦俑残片,并及时送交文物部门,为此,得到了三十元钱奖励。但开发兵马俑挖了村里人的祖坟,老杨差点被村人的唾沫淹死,这三十元钱最后也没敢独吞。当然,现在大不一样了,村人近水楼台,都盖起了别墅,自然对老杨感激涕零。此一时,彼一时,骂他和夸他的,都是同一批人,被骂和被夸的都是同一件事,却和他的人品毫无关系,只为别人看重的两个字:利益。再联想到秦始皇,说他伟大,他统一了中国,说他暴戾,因为他杀了太多的人,但如果他不下撒手锏,谁又舍得将浩大的疆域拱手相让呢?从古至今,这世界充满了悖论,这么说是对的,那么说似乎也没错。

两个美人

中国古代四大美人之一,谁人不知?那个集三千宠爱于一身,引无数人遐想的美女杨玉环,据说是个身高一米五八,体重一百三十八斤,又有狐臭的胖妞,放在现在这个骨感美的年代,估计连嫁出去都要费些周折。可在大唐盛世,她的丰腴肥美,令唐明皇宠爱无比。杨贵妃受宠当然不仅仅因为她的胖,她应该是个智商和情商都极高的女人,一段霓裳羽衣曲,造就了一段琴瑟和谐的佳话,羡煞世人。只是她命运的华彩乐章在二十七岁那年戛然而止,不论是真的香消玉殒或是如传说中隐姓埋名远走日本,她的肉体是否存在已不再重要。当唐明皇赐她一根白绫之时,她的心必定是死了。江山社稷怎样,和杨贵妃无关,她只是一个长袖善舞,在爱情中滋润着的女人罢了。

另一个美人就厉害多了,没人敢赐她白绫,她把命运牢牢地掌握在自己手中,还掌握着千千万万人的生杀大权,她就是中国历史上唯一的女皇帝武则天。我们来到乾陵,这里合葬着两位皇帝——武则天和她的丈夫唐高宗李治,宽阔的司马道旁是两排巨大的精美石雕。这个女人确实霸气,这么多年来,愣是没有一个盗墓贼进得了她的陵墓,军阀拿炸弹轰也没辙。关于她的墓碑,有很多种说法,我宁愿相信最后一种"遗言说"。这个工于心计、心狠手辣又无比睿智的女人,临终前说:"已之功过,留待后人评说。"所以她的墓碑上不铭一字,人称"无字碑"。这个女人,弥留之际,还给自己留下一个永远看不到谜底的悬念。

芝麻开门

到了西安,像是进了阿里巴巴故事里那个神奇的山洞,到处都是宝贝。我们去过的任何一个景点,都有价值连城的文物,随随便便陈列在玻璃橱窗里。导游说,在西安,手能摸到的都是假的,摸不到的都是真的。所以,我们和古代的宝贝只隔着一层玻璃默默相望。

感觉西安真是个宝地,随便找个地方挖下去就能找到宝贝。导游说,有个农民在自家的地里,一锄头挖下去,挖到一块马蹄金,再挖下去,挖出来一堆,两千多块,装了一卡车,听得一车人眼珠子瞪得大大的。唐朝的丝绸之

散文随笔
第一辑

路,被称作胡人的各国商人带着无数黄金拥到长安,鼎盛时期一斤黄金换一斤丝绸。怪不得大唐遍地是黄金,听得我们都幻想着要通过时空隧道去唐朝一游,当然,还要带上几斤丝绸当盘缠。后来我们在大唐芙蓉园的博物馆里看到了那种金块,做成马蹄形状,又大又亮,但它们跟法门寺里那些精美的文物比起来,又大大逊色了。法门寺陈列的文物美轮美奂,真的无法用语言来描述,我们除了一个劲地按快门,只能一迭声赞叹:古人真聪明。在我看来,这些物件都是有生命的,我们只看到它的明艳高贵,但每一个精美的工艺品背后,必定隐藏着一个故事,可以想象得到大多是辛酸的。尽管科技高度发达,但现代人很难复原一些古时候的工艺,失传的不仅仅技巧,而是一颗专注痴迷的心。

西安小吃

　　西安的小吃和古迹一样出名,去之前就充满了期待。旅行社安排的饭菜自然吃不出陕西味,馋了,先找家老店吃了灌汤包,后来又去西安著名的百年老店老孙家饭庄吃小吃。西安最负盛名的小吃当属羊肉泡馍,可惜我不吃羊肉,幸好还有牛肉的,但味道总不如羊肉的地道。泡馍要自己掰,这样吃起来才有味。馍很硬,掰得手指疼,又被一桌子的小吃诱着,掰几下就去吃几口,等掰完馍泡好端上来,肚子里已经塞满了各种味道。回来前一天的晚上去德发长吃的饺子宴,上了多少道各种馅料各种形状的饺子我已经忘了,只记得最早上来的菊花火锅里,饺子只有小指甲盖大小,称作珍珠饺。反正那天的饺子宴吃得我都快撑坏了,回来后胖了好多,应该有很大一部分是饺子的功劳。

　　吸引人的还有路边摊上的水果,脆生生的大苹果十元钱六个,石榴一元钱一个,火红火红的火晶柿子十元钱能买一箱,拿到车上大家都抢着挑软柿子捏……